深山 鈴 Suzu Miyama
illustration あいに

「よろしくね！」
ユスティーナはにっこりと挨拶をした。

『まったく……』
ジニーは軽く頭を下げた。
熊のようなグランと
双子なのだけど、
その容姿はまるで別物だ。

弁当の入ったバスケットを受け取り、膝の上で開いた。

「おいしそうだな」

「どういうことなのかな？」

ユスティーナはソファーに座り、冷たい視線を下に向ける。

ありったけの勇気を振り絞り、
セドリックに向けて強く言い放つ。
「俺がユスティーナを守るっ！」

そう言葉にした瞬間、
今までに感じたことのない
不思議な力が
湧いてきた。
槍を反転させて、
柄でセドリックの剣を打ち払う。

CHARACTERS

アルト・エステニア

竜騎士に憧れている少年。
困っている人が居たら見逃せない性格。

ユスティーナ・エルトセルク

学院に転入してきた少女。
その正体は伝説の神竜バハムート。

ジニー・ステイル

グランの双子の妹。
外見はグランと似ても似つかず、美人。

グラン・ステイル

アルトのクラスメイトの少年。
あることがキッカケで友人になる。

セドリック・アストハイム

貴族の跡取り息子。
権力を盾に好き放題ふるまっている。

落ちこぼれ竜騎士、神竜（バハムート）少女に一目惚れされる

深山 鈴

ヒーロー文庫

落ちこぼれ竜騎士、
神竜（バハムート）少女に
一目惚れ
される
CONTENTS

illustration

イラスト／あいに
装丁・本文デザイン／5GAS DESIGN STUDIO
校正／佐久間恵（東京出版サービスセンター）
ＤＴＰ／松田修尚（主婦の友社）

この物語は、小説投稿サイト「小説家になろう」で
発表された同名作品に、書籍化にあたって
大幅に加筆修正を加えたフィクションです。
実在の人物・団体等とは関係ありません。

プロローグ　竜と人の話

とある国が滅びようとしていた。

その国の名前はアルモート。大陸の西端に位置する、巨大な山の麓にある小さな国だ。

小国ゆえにこれといった特産品はないが、国土が肥沃なため農業が盛んだ。

アルモートの人々は農業に励み……決して豊かではないながらも、日々を一生懸命に生きていた。

しかし、その平和は長く続かない。

複数の大国がアルモートの豊かな土地に目をつけて、己のものにしようと画策したのである。当時は荒れ果てた大地がほとんどで、アルモートの緑あふれる大地は黄金のように見えたという。

田畑を耕す平和な時代は終わり、武器を持つ戦乱の時代が訪れた。

複数の大国に狙われたアルモートは悲鳴をあげた。戦力差の比は１：１００と圧倒的に不利、戦争に勝利する可能性は万が一にもない。

幸いというべきか、複数の大国は手を取り合わず、アルモートは自分のものだと勝手に主張して争い始めた。

その間、アルモートは放置されることに。大国からすれば、いつでも攻め落とせるという考えなのだろう。

それは事実であり、アルモートに抗う術はない。わずかに寿命が延びただけで、国が滅びるのはほぼほぼ確定である。

アルモートの人々は絶望するが、中には希望を抱いて立ち上がる者もいた。その者の名前は、サンクレイ・アルモート。アルモート初代国王だ。

彼は国を守るために、一つの策を考えた。

それは、山にすむ竜を味方にするという前代未聞の策だった。

竜。それは地上最強の生物であり、食物連鎖の頂点に立つ存在。

その爪は鉄を紙のように切り裂き、その鱗は鋼鉄よりも硬い。槍のような牙が並んだ口からは、岩をも溶かす炎を放出する。

さらに高い知能を持ち、人間よりも賢いと言われていた。

竜を味方にできたのなら、これ以上ないほど頼もしい味方になるだろう。

しかし、説得の方法は？　最強の生物である竜が、矮小な人間に力を貸すなんてことはあるのだろうか？

まず無理だろう。

そう考えた忠臣たちは王を諫めるが、他に方法がないと、サンクレイは一人で山へ赴いた。

そして……なんの音沙汰もないまま1週間が過ぎた。

忠臣たちは王は竜に食い殺されたのだろうと、その無謀な行動を嘆く。

そうしている間に敵国が迫り、いよいよ国の最後が訪れようとしていた。

アルモートの人々は、せめて安らかな最後をと神に願う。

祈りもむなしく、敵国に蹂躙される……まさにその時だった。突如、空から飛来した巨大な竜が、敵兵を薙ぎ払う。

奇跡はそれで終わらない。竜は敵兵を打ち倒すだけではなく、その体を盾にして味方を守ったのだ。

神の奇跡だと、アルモートの人々は涙した。

逆に、敵兵は恐れおののいた。竜が敵になるなんて悪夢だ。

それでも彼らは、撤退できずにいた。

あと一歩で勝利を掴むことができる。あと少しで打ち倒すことができる。その欲が判断を狂わせてしまい……よりによって、竜に挑むというとんでもない愚行を決断させてしまう。

万の軍勢ならば竜も倒せると判断した指揮官は、攻撃続行を指示した。

その結果……敵兵はわずか10分で壊滅。万の軍勢も、竜にしてみれば障害でもなんでもない。

どうあがいても人が敵(かな)うことのない存在。史上最強の生物。圧倒的であり、絶対的であり……それが、竜。

後にサンクレイが現れて、竜が盟友であることが告げられた。彼は、見事に策を成功させたのだ。

この日、竜は友になり、同じ道を歩く仲間となった。

〜アルモート建国記第6章4節『新しい友』より〜


「ふぅ」

俺は小さな吐息をこぼし、パタンと本を閉じた。

この国の成り立ちを図書館で調べていたら、とてもおもしろい記録を見つけた。

気がつけばそれなりの時間が経(た)っていて、窓の外が赤く染まっている。夢中になってしまったが、連れは退屈していないだろうか？

「アルト」

声をかけられて振り返ると、つややかな黒い髪の女の子がいた。

にこにこ笑顔でこちらを見ている。

「勉強は終わった？」

「大体は」

「ならボクと遊ぼうよ」

「それは構わないが……もうこんな時間だぞ？」

「いいんだよ。アルトとなら、ちょっとだけでも一緒に遊びたいの」

彼女は頬を軽く染めつつ、そう言う。正直なところ、とてもかわいらしく、ついつい見惚れてしまいそうになる。

ただ、国の成り立ちを学んだ後なので、別のことを考えてしまう。

「……」

「どうしたの、アルト？　ボクの顔をじっと見て」

「いや、なんていうか……」

まさか……こんな女の子が竜なんて、誰も思わないだろうな。

1章　運命の出会い

俺……アルト・エステニアは、基礎体力向上のトレーニングに励んでいた。広大なグラウンドを何周も走り、筋力トレーニングを限界まで行う。辛くて何度も挫けそうになったが、夢のためと思えば耐えられた。

しかし問題は別のところにあり……

「よぉ、アルト。今日の模擬戦、僕が稽古をつけてやるよ」

「……」

「おい、無視するんじゃねえよ！」

「かはっ⁉」

突然、背中に衝撃を受けて、耐えられずに地面の上を転がる。

咳き込みながら手をついて立ち上がろうとするが、頭を踏みつけられて再び地面に伏してしまう。

「おいおい、早く立てよ。今は訓練の時間なんだから、寝てるなんてダメだろう？」

「ぐっ……」

なんとか顔を上げると、いつも俺に絡んでくるクラスメイトが見えた。

セドリック・アストハイム。

彼は、この国で五大貴族と呼ばれているアストハイム家の長男。その容姿は端正で、スマートな体躯には、しなやかな筋肉が備わっている。

ただ、見た目に反して中身は最悪だ。他者を常に下に見るほどに傲慢で、自身の快楽と欲望のために家の権力を迷うことなく使う。

性根が腐っていることを証明するように、セドリックは地面に這いつくばる俺を見て、ニヤニヤと笑う。

それは彼だけじゃなくて、クラスメイトの半数ほどが同じような顔をしていた。

残り半分は見て見ぬ振り。

さらに、教師までこちらから目を逸らしている。

相手の頭を足蹴にする訓練なんてないのに……セドリックを注意することも止めることもなく、他の生徒の指導にあたっている。

俺の指導を担当しているのは……セドリックだ。

「ほら、さっさと立てよ。手を貸してやろうか？」

「いや……いい」

ようやく足がどけられたので、立ち上がることができたのだけど……次の瞬間、セドリックがいきなり剣を振るう。

「ぐっ⁉」

咄嗟に腕を盾にして防いだ。

木で作られた模造剣なので切れることはないが、かなりの衝撃だ。ビリビリとした痛みが走り、再び膝をついてしまう。

くそっ……打撲は確定かもしれないな。

「おいおい、なんだ。その反抗的な目は？」

「……」

「訓練をつけてもらいありがとうございます、セドリックさま……だろう？　ほら、言ってみろよ、言えよ」

「……訓練をつけてもらいありがとうございます、セドリックさま」

「あはははは、そうだ、やればできるじゃないか！　最初からそういう風にしていれば、もっと優しくしてやったんだけどな」

俺は竜騎士を育成する学院に通う生徒だ。

竜騎士というのは、この国……アルモートだけに存在する特殊な騎士のこと。竜を相棒に戦場を駆ける。

竜騎士と竜は命を預けられるほど固い絆で結ばれている。

その力は一騎当千。竜を相棒にしているという理由もあるが、それ以上に、竜騎士が強い力を持っている。人を超えた力を持つと言われているほどで……それだけの力を持たなければ竜に相棒として認められないのだ。

アルモートの絶対守護者。

世界最強の騎士。

全ての命を救う英雄。

そう呼ばれている存在が……竜騎士だ。

俺はそんな竜騎士に憧れて学院の門を叩(たた)いた。竜と共に暮らす国ゆえに、竜騎士を育成する学院が創設されているのだ。

最初の一ヶ月は何事もなかったのだけど、その後に問題が起きた。

セドリックに強引に口説かれている女の子を見かけて助けたのだけど、そのせいでいじめの標的にされてしまったのだ。

ヤツは大きな権力を持っているため、逆らうことはできない。

一度だけ抗戦を試みたけれど、宿を営んでいる実家が不当な圧力を受けてしまい、最終的にヤツに頭を下げることに。

以来……セドリックに逆らうことはできず、俺は人形のように言いなりになり、ただただ耐える日々を過ごしている。

ちなみに、クラスメイトたちはくるりと手の平を返した。友達だと思っていたヤツも、笑いながらいじめに参加して……あの時ほど絶望を覚えたことはない。

先生に助けを求める？

誰もがセドリックが持つ権力を恐れているため、そんなことは無意味だ。それに、アストハイム家は学院に多額の寄付をしているため、見て見ぬ振りが当たり前。

それだけではなくて、セドリックに言われるまま先生までもがいじめに加担することもあるから手に負えない。

どいつもこいつも腐っている。

「……いつまでこんな日が続くんだろうな」

心が折れそうになる時もあるが、英雄になるという夢を叶(かな)えるために、俺は学院に通い続けていた。

学院は全寮制で、一人一人に個室が割り当てられている。

部屋にいる時はセドリックに絡まれることはなく、唯一自由になれる。

今日は休日なので部屋で休んでいたいが、残念ながら調味料を切らしているため、街に買い出しに行かないといけない。

部屋にはキッチンが備え付けられていて、自炊することができる。

食堂もあるのだけど、そちらに行くとセドリックに絡まれてしまう可能性があるため、なるべく自炊するようにしていた。

「調味料だけじゃなくて、食材も心もとないな……仕方ない。外に出るか」

願わくば、セドリックのアホに出会いませんように。

部屋着から外出着に着替えて外に出た。

幸いというか、セドリックに出会うことはない。ヤツも休日にまで俺に構うほどヒマじゃないのだろう。

とはいえ、油断は禁物だ。どこかで出くわさないとも限らないし、さっさと用事を済ませて部屋に戻ろう。

「うん？」

商店が並ぶ賑（にぎ）やかな通りを歩いていると、ふと、表から一本外れた裏道に女の子の姿を見かけた。

ヘラヘラと笑う二人組の男に声をかけられていて、とても迷惑そうな顔をしている。

強引なナンパをされているのだろう。

「……俺には関係ないな」

セドリックの件で懲りた。正しいことをしても現実は報いてくれないし、時に予想外の裏切りを突きつけてくる。

あんな失敗はごめんだ。女の子には悪いけど、自分でなんとかしてもらおう。

大丈夫。

人通りはそこそこあるから、誰か親切な人が助けるなり憲兵隊を呼んでくれるなりしてくれるだろう。リスクを負ってまで俺が助ける義務も理由もない。

「でも……」

困っている女の子を助けるのに、理由が必要なのだろうか？

義務がないと助けられないのだろうか？

動きたいのに……

動かないといけないのに……

足はそのままで、この場から立ち去ることができない。

そうかといって、女の子を助けることもできない。

「あっ……」

話がこじれたらしく、男たちは怒りの形相を浮かべて、女の子を人気（ひとけ）のないところへ連れ込もうとする。

女の子は憮然（ぶぜん）とした顔をしつつも、男たちに連れられて……

「……！」

ふと、女の子がこちらを見た。

驚いたように目を丸くして……次いで、助けを求めるような顔になる。

「ああもうっ！」

あんな失敗は懲り懲りだ。

馬鹿なことをしていると思う。

しかし、ここで女の子を見捨てたら男じゃない！

「やめろ！！」

あえて叫ぶことで女の子から気を逸(そ)らせて、男たちの注意をこちらに向けた。奇襲をかけることはできないが、彼女の安全が一番だ。

「バカな真似(まね)はよせ」

「あぁ、バカだと!?」

「なんだてめえ、邪魔する気か!?」

「ぐっ!?」

相当に気が立っているらしく、いきなり顔を殴られた。それなりにケンカ慣れしているらしく、じんじんと深い痛みが走る。

ただ、俺も見習いとはいえ竜騎士だ。街のチンピラに負けられないし……なによりも、負けたら女の子を助けることができない。

　絶対に勝つ。

　強い決意を胸に、拳を振るう。

「くそっ、こいつ……！」

「なんで倒れねえんだよ⁉」

　俺はいじめられるような落ちこぼれで、二人を同時に相手にできる実力はない。

　男たちの攻撃を的確に捌（さば）くことができず、拳などがヒットして、あちらこちらに痛みが蓄積されていく。

　それでも決して倒れない。

　必死に耐えて耐えて耐えて、隙を見て反撃の一打を浴びせる。そして、再びガード。

　それの繰り返しだ。

　二人を相手にするということは意外と難しく、今の俺ではこれが限界。時間をかけて確かな手数を与えて、男たちにダメージを与えていく。

　要するに、根比べ。

　その結果は……

「くそっ、ふざけやがって！」

「覚えてろよ！」

　よくある捨て台詞（ぜりふ）を口にして、男たちは逃げ出した。

なんとか成功……というところか。

「ふぅ……って、うお!?」

「じー」

女の子の方を見ると、じっとこちらを見つめていた。けっこう近い距離なので、思わず驚いてしまう。

「ねえねえ、なんでボクを助けてくれたの？」

変わった一人称を使う子だな。

「なんで、と言われても……困っていただろう？」

「うん。ものすごく。遊びに行こう、って誘われたんだけど、あの人たち、全然魅力的じゃないし……断っても断ってもしつこく誘ってくるから、困っていたんだ。今はお忍びだからなるべく目立ちたくないし……まあ、あまりにしつこいから、目立たないところ……裏道に連れ込まれたら、そこで撃退しようと思っていたんだけどね」

それにしても……と間を挟み、女の子は言葉を続ける。

「そこそこの人がボクのことを見たんだけど、誰も助けてくれなかったんだ」

「そうなのか……」

この街、薄情な連中が多いな。

少し残念だ。

「ででも、キミは違ったよ。ボクのことを助けてくれた。ありがとう」

女の子はにっこりと笑い、とても綺麗な顔を見せた。この笑顔を見ただけでも、助けた価値はあったかもしれない。

ただ、多少の罪悪感が湧き上がる。

「あー……悪い」

「なんで謝るの？」

「俺も、最初は見捨てようとしたから」

「そうなの？」

「面倒事はごめんだからな……」

「でもでも、助けてくれたよね？」

「それは、目が合ったから仕方なく……」

「ううん、そんなことはないと思うな」

女の子が、ぐいっとこちらを見つめる。

顔が近い！

「……うん、やっぱり！」

「なにがやっぱりなんだ？」

「キミ、すごく綺麗な目をしているね。心が澄んでいる証拠だよ。そんなキミなら、絶対にボクのことを助けてくれたと思うんだよね」

「……買いかぶりだ」

素直に女の子の言葉を受け止められず、俺はそんなことを言う。

ただ、内心では喜びを感じていた。

セドリックから女の子を助けたことは間違いじゃないと、肯定されたような気がして
……俺自身を認めてくれたような気がして……

なんとも言えない温かい気持ちになる。

「どうして泣いているの？」

「え……？」

頬に手をやると涙の感触が。

「あ、いや、これは……悪い、なんでもない……あっ」

女の子に抱きしめられた。

胸が当たっているのだけど、不思議といやらしい気持ちにはならず、心が安らぐ。

「いい子、いい子……大丈夫だよ。ボクがいるからね」

「……これ、逆に俺が助けられているみたいだな」

「いいんじゃないかな、それでも。最初にボクが助けられたから、そのお返しだよ」

「……ありがとな」

「ううん、どういたしまして」

女の子に頭を撫でられる。

「どうしたの？　イヤなことでもあった？」

「それが……」

心が弱っているからなのか、この子だからなのか。

不思議なのだけど、現状を素直に話してしまう。

「そっか……大変だったね。辛かったね。がんばったね」

「うっ……」

女の子に抱きしめられて……頭を撫でられる度に、どうしようもなく涙があふれてしまう。

助けた相手に甘えるなんて、なにをしているんだか。

街を行き交う人に何事かと見られているのに、涙が止まらない。

「……すまない。もうちょっとだけ、胸を貸してくれ」

「うん、いくらでもどうぞ」

優しく撫でてくれる彼女に甘えて……俺はもう少しの間、泣いた。

ほどなくして落ち着いたら、途端に恥ずかしくなり、慌てて女の子から離れる。

「もういいの？」

「ああ、大丈夫だ。その……ありがとうな」

「うん、どういたしまして。なんていうか、キミのことを放っておけなかったんだ」

かなり情けないところを見せたのだけど……女の子は態度を変えることはなくて、優しい顔のままだ。

「ところで、大丈夫？」

「なにが？」

「キミ、けっこうボロボロだよ……？」

「あー……」

2対1ということもあり、けっこう苦戦したからな。この子に指摘されたせいなのか、今更ながらあちこちがズキズキと痛み出す。

思わず顔をしかめると、女の子が心配そうな顔になる。

「だ、大丈夫？　痛い？　痛い？」

「まあ……少し。でも、これくらいなら問題ないさ。一応、治療キットを持っているから」

セドリックにちょくちょく絡まれるため、その対応として簡単な治療キットを持ち歩いている。

「そうなんだ……あっ、そうだ！　じゃあじゃあ、ボクがキミの手当をしてあげる！」

「え？　いや、しかし……」

「助けてくれたお礼。それくらいはさせてほしいな」

「……わかった。じゃあ、お言葉に甘えて」

表通りに移動した後、道の端に設置されているベンチに並んで座る。

「じっとしててね」

女の子は優しい声でそう言うと、治療を始めた。

消毒をして、打撲に効く薬草を塗り、最後に炎症を防ぐガーゼを貼る。

けっこう慣れた手付きだ。どこかの貴族のような印象を受けるが、わりと器用なタイプなのだろうか？

「……」

「どうしたんだ？」

女の子が再びこちらをじっと見つめる。

「傷、痛そうだね」

「まあ……多少は」

「さっきと同じようなことを聞くんだけど、どうして、こんなになってまでもボクのことを助けてくれたの？　こんなになるまで……」

辛(つら)く苦しそうでありながら優しいという複雑な表情で女の子は、俺の頬をそっと撫(な)でる。

その瞳には、どこか熱がこめられているように見えた。

「どうして、と言われても……」

考えるが、うまい答えが出てこない。

思いつくまま言葉を並べていく。

「……イヤなんだ」

「イヤ？」

「大げさな話になるかもしれないが、まっすぐに人生を歩いていきたいんだ。理不尽に屈することなく、自分の正義を貫いていきたいと……そう思っている。困っている人がいたのなら、手を差し伸べたいと思う。昔、俺がそうされたように」

「昔？」

「あ、いや……まあ、それはおいておいて。とにかく、そういう感じなんだ。うまく言葉にできないが、前を向いて歩いていきたいんだよ、俺は」

「ボクを助けてくれたのも、そのため？」

「困っている女の子を見捨てるような男にはなりたくなかった」

「キミはとてもまっすぐで、でも、不器用で……だけど、すごく良い人なんだね」

女の子がにっこりと笑う。

それから、どこか慈しむような顔をして、優しく手当を続ける。

「俺は良い人なんてことは……」

「良い人だよ。ボクが保証する」

「と、言われてもな」

「だってだって、こんなになるまでボクのためにがんばってくれたんだもん。こんなになるまで、諦めないでいてくれたもん。ボクは、すごくうれしいよ」

「それは……」

「ありがとう」

女の子の言葉が心に染み入り、また泣いてしまいそうになる。

なぜかよくわからないが、この子の言葉に大きく心を揺さぶられてしまう。彼女の優しい想いが表れているからだろうか。

「はい、これで終わりだよ」

ぽんと最後にガーゼを貼り、手当が終わる。

それなのに、女の子はこちらをじーっと見つめたままだ。

「改めて、ありがとうね。こんなになってまでして、ボクを助けてくれて。こんな風に優しくされたの初めてかも」

「大げさだな。大したことはしてないぞ」

「でもでも、すごくうれしいの！」

照れている様子で、女の子が頬を染める。

にこりとはにかむ姿はとてもかわいらしく、ついつい見惚(ほ)れそうになってしまう。

「んー」

女の子がさらに距離を詰めてくるため、思わず動揺してしまう。

「ど、どうしたんだ？」

「なんでかな？　キミの顔を、こうしてずっと見ていたいの。ドキドキするっていうか、落ち着くっていうか……」

「それ、矛盾してないか？」

「そうなんだけど、そうなんだけどね？　でもでも、うー……自分で自分の気持ちがよくわからないよぉ」

女の子が困った顔になる。力になりたいと思うが、彼女の心の問題っぽいので、さすがにどうすることもできない。

ただ、支えることくらいはできると思い、そっと彼女の手を握る。

「あ……」

「手に温もりを感じると、色々と落ち着くことができる、って聞いたことがあるから……

どうだ？」

「……ますますドキドキが激しくなったかも。ひゃあああ」

「失敗したか……」

「でもでも、胸がぽかぽかするよ。こんなに温かい気持ち、初めてかも」

正体不明の感情と言うが、女の子はそれを拒まないで、大切な宝物のように優しく受け止めようとしていた。

誇張表現になるかもしれないが、その姿は聖母のようだ。

「って、まずい!?」

気がつけば日が傾き始めていた。門限にはまだ時間はあるが、買い物をすることを考えるとあまり余裕はない。

「俺はそろそろ行くけど……この後、一人で大丈夫か？」

「うん、大丈夫だよ。この辺りは治安が良いみたいだから、たぶん、さっきみたいなことは起きないと思うし……こう見えて、ボク、強いからね」

「ははっ、なら心配はいらないか」

冗談を飛ばせるくらいだから、心配はいらないだろう。

「じゃあ、俺はこれで」

「あっ、まって！」

女の子に手を掴まれて、引き止められる。

「あのね……名前、教えてくれないかな？」

「俺の？」

「うん。キミのことが知りたいの」

「俺は、アルト・エステニア。さっき説明したように、竜騎士学院に通っている」

「アルト……エステニア……」

しっかりと覚えるように、女の子はゆっくりと俺の名前をつぶやいた。

「アルト……アルト……アルト……なんだろう、ドキドキがどんどん強くなっていくよ。この気持ち、このドキドキ……ボクは……」

「そっちの名前はなんていうんだ？」

「あっ、そうだね。言ってなかったね、ごめんね」

失敗した、というように女の子が舌をぺろりと出した。子供っぽい仕草だけど、それが妙に似合っている。

「ボクは、エルト……ううん。ボクは……ユスティーナだよ！」

「ユスティーナ……か」

「うん。キミには、ボクのことを名前で呼んでほしいな。よろしくね！」

「ああ、よろしくな」

互いに笑みを浮かべて、握手を交わす。

「それじゃあ、今度こそ俺は行くよ」

「あのっ……また会えるかな?」

「どうだろうな。なんとも言えないが……運命が交差しているなら、機会は巡ってくるんじゃないか」

「……運命……」

「って、ホントに行かなきゃ。じゃあ、またな!」

「うん、またね」

自然と再会を約束して、俺はユスティーナと別れた。

◇

一人になったユスティーナは、頬を染めながら、アルトが立ち去った方をぼーっと見つめる。

自分の胸元にそっと触れると、心臓はバクバクと高鳴っていた。

「どうしよう……ドキドキが止まらないよ。それに、今、すごく寂しいや」

自然とアルトのことが頭に思い浮かぶ。

アルトの声、アルトの笑顔、アルトの手の温もり……それら一つ一つがユスティーナの心を揺さぶり、優しく楽しい刺激を与えてくれる。

名前を呼んでくれた時、心臓が爆発してしまうかと思った。

「アルト……アルト……アルト……」

何度も名前を呼んで……そして、不意に理解する。

「そっか……これが恋なんだ」

りんごのように顔を赤くしながら、ふにゃりと幸せそうに笑う。

この日、ユスティーナという女の子は初恋を……一目惚れを経験した。

2章　転入生はバハムート

1週間後。

学院に登校して、セドリックにいじめられて、疲弊して寮に帰る……俺はそんなサイクルの毎日を繰り返していた。

いったい、いつまでこんな日が続くのか？

うんざりしてしまうが、どうすることもできず耐えるしかない。

そんなある日のこと。

緊急の全校集会が開かれることになり、グラウンドに移動する。

いったい、なんだろう？　なにか事件が起きたのか、それともこれから起きるのか。というか普段は集会は講堂で行われるのだけど、どうしてグラウンドなんだ？

不思議に思いながら成り行きを見守っていると、壇上に先生が立つ。

「えー……今日はみなさんに新しい仲間を紹介します」

新しい仲間ということは転入生か？　でも、その程度で全校集会を？

ひとまず様子を見ていると、先生の合図で転入生が壇上に。

俺と同じ……15歳くらいの女の子だ。夜空のようにつややかな黒髪は長く、軽やかに風に揺れている。ヘアバンドが星のように輝いていた。

顔立ちは幼く、綺麗というよりはかわいい。ただ、愛嬌を感じさせるもので親しみやすそうだ。自然と惹きつけられるような魅力があり、ついつい視線をやってしまう。

体はやや起伏に乏しいものの、スポーツをやる人のように健康的で、どことなく元気いっぱいな猫を連想させる。

その女の子は……

「はじめまして。ボクは、ユスティーナ・エルトセルクっていいます。よろしくね！」

今の言葉が幻聴などでないことを示すように、彼女は学院の制服を着ていた。

聞き覚えのある声で、にっこりと挨拶をした。

女子はブレザータイプの制服で、スカートの裾はチェック柄。胸元にリボンがあしらわれている。彼女がつけているリボンの色は赤で、俺と同じ学年であることが示されている。

ちなみに、男子はジャケットに似た制服だ。女子のリボンと同じ意味合いで、ネクタイの着用が義務づけられているため、少々首周りが窮屈だ。

「……」

俺は驚きのあまり、言葉を失っていた。

まさか、あの時の女の子が転入してくるなんて……なんて奇妙な縁なのだろう。あるいは……運命とか？

「ふぅ」

我ながらクサイことを考えてしまい、自分に対して苦笑した。いったい、どんな運命だというのか。ユスティーナが転入してきても、なにも変わらない。

そんなことを考えていたが……この後、俺の運命は大きく変わることになるのだった。

「えー……ユスティーナさんですが……」

「ボク、先生に名前で呼ばれる理由なんてないけど？　ボクたちのことを名前で呼んでいいのは、認められた人だけだよ？　それくらい、ボクたちにとって名前っていうものは大事なものなんだよ？」

「エルトセルクさんですが……」

ユスティーナに睨（にら）まれて、先生はダラダラと汗を流しながら言い直した。

彼女に逆らえず、怯（おび）えているみたいだけど……もしかして、セドリックのような偉い貴族なのだろうか？

「実は、少し……いえ、かなりみなさんと違うところがありまして、ちょっと特殊なところがありまして……」

「もう、説明がまどろっこしいよ。後はボクが説明するね」

先生の出番を奪い、ユスティーナが前に出る。

こほんと咳払いをして、次いでにっこりと笑い、爆弾発言をぶちかます。

「実はボク、人間じゃなくて竜なんだ」

一瞬の沈黙の後、多くの生徒の笑い声が響いた。

うける、とか、意外とおもしろい子？　とか……そんな声がちらほらと聞こえてくる。

その反応を見て、ユスティーナはやれやれとため息をこぼす。

「やっぱり、すぐには信じてくれないよねー。ま、わかるよ。先生たちも、最初は信じてくれなかったからね。だから、今から証拠を見せるよ」

ユスティーナは壇上からトントンとリズムよく降りて、周囲に人がいないところへ移動する。

まるで、人がいたら邪魔になると言わんばかりに。

「ほいっ」

ユスティーナの体を光が包み込み、それが一気に巨大化して弾ける。

閃光(せんこう)が晴れると……漆黒の竜がいた。

大きさは5メートルほどだろうか？　大きな翼を広げたら、倍の10メートルに届きそうだ。

その巨大な体は、漆黒の鱗(うろこ)に覆われていた。鋼鉄よりも遥(はる)かに硬く、熱や衝撃、その他ありとあらゆるものに耐性があると言われている竜の鱗だ。

頭の左右に2本ずつ、額に1本、計5本の角が生えていた。竜は大抵角が生えているものだが、5本というのは珍しい。

「……マジで？」

はたして、それは誰のつぶやきか。俺を含めて、この場にいる全員の心の声を代弁したものかもしれない。

「マジだよん」

漆黒の竜……ユスティーナが口を開いた。どういう原理で喋（しゃべ）っているのか謎ではあるが、きちんと人の言葉を話している。

「正真正銘、ボクは竜なんだ。これで理解してもらえたかな？」

ざわざわと、途端に生徒たちが騒がしくなる。対する先生たちは、どこか諦めたような顔をしていて静かだ。

なるほど、先生たちはユスティーナの正体を知っていたのか。

だからこそ、わざわざ全校集会を開いた。講堂だと破損する恐れがあるから、場所をグラウンドにした……そんなところだろう。

「お、おい……あの竜、もしかして神竜バハムートじゃないか……？」

「えっ!? 竜の頂点に立つ、最強の中の最強って言われている？」

「伝説の存在だよな……なんでも、魔王とタイマンして圧勝したとか……」

色々な噂(うわさ)が飛び交い、それを耳にしたユスティーナが口を開く。

「魔王と戦って圧勝した、っていうのは、たぶん、お母さんのことじゃないかな？　ボク、こんなだけど、一応、15歳の乙女だから」

「へ、へぇ……」

「でもでも、力には自信があるよ。そこらの魔物なら、1万匹くらいまでなら、まとめて一撃で吹き飛ばせると思うよ」

「は、ははは……」

もはや乾いた笑いしかこぼれない。

「ほい、っと」

ユスティーナが光に包まれて、再び人の姿になった。

壇上へ戻り、話を続ける。

「ボク、やりたいことがあって、無理を言ってこの学院に入学させてもらったんだ。やりたいこと、っていうのはね……うーん、と」

ユスティーナがキョロキョロと生徒たちを見回した。

不意に、俺と目が合う。

瞬間、花が咲いたように満開の笑みを浮かべる。

「見つけた！　やっぱりここにいたんだねっ」

「え？」

ユスティーナは壇上からジャンプすると、華麗に着地して、そのまま駆ける。

その目的地は……俺？

「アルトっ！！！」

「うおっ!?」

ユスティーナに思いきり抱きつかれた。

「アルト！　アルトアルトアルト！　会いたかったよぉ！」

「お、おいっ？　いきなりなにを……」

「ボク、アルトに会うためにここに来たんだよ！」

周囲の生徒たちの視線が集中する。

そんな状態で、ユスティーナは再び爆弾発言をする。

「これからは、ボクがアルトの騎竜になってあげるからね！」

「え……？」

「だから、もう心配しなくていいよ。安心していいよ。大丈夫だからね！　ボクがアルトのこと、守ってあげるんだから」

「えっと……ユス……じゃなくて、エルトセルクさん？　いったい、なんのこと……」

「もう、エルトセルクじゃなくて、ボクのことはユスティーナって呼んでほしいな。この前も、そう自己紹介したよね？」

「いや、でも……名前はとても大事なもの、なんだよな？」

「大事だよ」

「なら、ダメだろう」

「ううん、アルトならいいんだよ♪」

さらに、ぎゅうっと抱きついてくる。

「アルトはボクが認めた人だからね。名字じゃなくて名前で……というか、名前で呼んでくれないとイヤだよ」

「えっと……ユスティーナ？」

「うんっ！」

催促するような視線に負けて名前を呼ぶと、ユスティーナはものすごくうれしそうな顔をした。

「あのー」

一人の生徒が恐る恐る話しかけてくる。

「いったい、二人の関係は……？」

ユスティーナが、本日、最大級の爆弾発言を投下する。

「ボク、アルトに一目惚れしちゃったんだ。だから、アルトを追いかけて、この学院までやってきたの！　だから、関係っていうと……未来の夫婦かな！」

一瞬の静寂の後、

「えええええええええぇぇぇぇっ！！！！？」

俺を含めて、この場の全員が驚愕の声をあげた。

◇

ここは竜国アルモートといい、その名前の通り竜と共存する国だ。竜がすまう山を背負うようにして、麓に街が展開されている。

竜は生態系の頂点に立つ生物と言われていて、その力は圧倒的。並の魔物ならまるで相手にならないし、人が立ち向かおうものなら一撃でやられてしまう。

最強を誇る竜だけど、力だけではなくて、非常に理知的で賢い。プライドも非常に高いのだけど、その他、問題となるポイントはまるでない。まさに神のような存在。

アルモート初代国王は、そんな竜と対話をして、同盟を結ぶことに成功。以来、アルモートは竜国と呼ばれるようになり……人と竜は手を取り合い、共に歩き、栄えてきた。

そんな歴史的背景があるため、アルモートでは、竜は恐れるものではなくて友として見られている。

普段は山で暮らしている竜だけど、たまに街に降り立ち、交流を深めることもある。

ただ、人間に変身して学校に通うなんて前代未聞だ。ユスティーナの登場とともに、学院は大きくざわついていた。

「というわけで……改めて、ユスティーナ・エルトセルクです！　エルトセルクって呼んでね。あだ名でもいいよ。あ、でもでも、名前は竜にとって神聖なものだから、誰彼と呼ばせるわけにはいかないんだ。その辺りはごめんね」

教室に戻り……ウチのクラスに配属されたユスティーナが、改めて自己紹介をした。予想すらしたことのない転入生に、みんな唖然としている。

俺も未だに混乱しているから、その気持ちはよくわかる。

30人ほどが収容できる教室を見回しながら、先生が言う。

「えっと……それじゃあ、エルトセルクさんの席は……」

「ボク、アルトの隣がいいな！」

「え？　しかし、エステニア君の隣の席はすでに……」

「ねえ、ボクと席を替わってくれる？」

先生の話を聞かず、ユスティーナは隣席の生徒に直談判する。

「え、えーと……はい、いいですよ」

「うん、ありがと！　キミ、いい人だね」

「はぅ」

隣席の男子生徒は、キラキラと輝くようなユスティーナの笑顔に顔を赤くする。ついつい照れてしまうくらいに魅力的なのだ。

そのまま隣席に座り、さきほどの何倍も綺麗な笑顔を俺に向ける。

「えへへ、隣同士だね」

「あ、ああ……」

「改めて、これからよろしくね、アルト！」

「よろしく……？」

いったい、どうなっているのか……

慌ただしい現実に追いつくことができず、俺は、ただただ呆然とするのだった。

1限目の授業が終わり、休み時間が訪れた。

途端に、ユスティーナの周りにクラスメイトたちが集まる。

「ねえねえ、エルトセルクさんって、本当に竜なの？」

「うん、そうだよ。全校集会で変身してみせたでしょ？　他の竜は無理だけど、ボクとか、一部の竜は人間に変身できるんだ。このことはあまり話していないから、知らなかったみたいだね」

「もしかして、もしかしなくても、人で例えるなら王族に等しい……最強の竜種のバハムート？」

「うん、それも正解だよ。あ、でもでも、別にボクが偉いとかそういうわけじゃないから、普通に接してくれるとうれしいな」

矢継ぎ早に質問されるけど、ユスティーナはその一つ一つに笑顔で丁寧に答えていた。

その容姿と性格もあり、あっという間にクラスの人気者に。

そんな中、一人のクラスメイトが恐る恐る質問をする。

「あのー……エステニアに一目惚れした、っていう話は……本当？」

「うん！　もちろんだよ。ボク、アルトのことが大好きなんだ！」

そんなことを言われても、好かれるようなことをした覚えがないため、うれしさよりも困惑が勝る。

いまいち現状にピンと来ないせいで、情けないことではあるが、彼女の好意をどう受け止めていいかわからずにいた。

「そ、そっか……エルトセルクさんは、エステニアのことを……」

クラスメイトたちは、それぞれ微妙な顔に。

俺が普通の生徒なら、きゃーと黄色い声でもあがるのだろう。しかし俺は、セドリックに目をつけられている厄介者だ。どんな反応をしていいかわからない様子で、クラスメイトたちが困惑する。

「おいおいおい、エステニアに惚れた？　竜が？　ありえねえだろ」

こんな会話を見逃すはずもなく、ここぞとばかりにセドリックが絡んできた。

「エステニアはどうしようもない落ちこぼれなんだ。そんなヤツに惚れるなんて、エルトセルクさんは、ちょっと趣味が悪いな」

「むっ」

突然現れたセドリックに、ユスティーナはあからさまに不機嫌そうな顔に。

「キミは？」

「僕は、セドリック・アストハイムさ。アルモートの五大貴族の一つ、アストハイム家の長男だよ」

「へえ……？」

ユスティーナは小首を傾げながら、とりあえずという様子で頷いた。絶対によくわかっていないな。

「エルトセルクさん、こんなヤツを気にする必要はないぜ。一目惚れってのも、きっとなにかの勘違いさ。すぐにわかる。本当にすばらしい男は誰なのか、ってな」

「どういう意味かな？」

「こんな愚図よりも、僕の方がいいと思わないか？　なあ、そうだろう？」

セドリックはユスティーナの肩に大胆に右手を回し、左手で黒い髪に触れる。

「僕が本当の男ってやつを教えてやるよ。幸いにも、キミは綺麗だ。僕の寵愛を受ける資格がある」

「あのねぇ……」

「光栄に思えよ。五大貴族の長男である、僕に見初められるなんてこと、普通ならありえない。最大級の幸せといってもいいぜ。なぁ……ユスティーナ」

「っ……！」

名前を呼ばれたことで、ユスティーナの目が怒りに燃えた。

竜は、家族かそれと同じくらい親しい相手にしか名前で呼ぶことを許さない。それほどまでに名前は神聖なものであると、ユスティーナもさきほど宣言したばかりだ。

先生に対しても名前呼びを禁止していたから、その情報にウソはないだろう。

それなのに、セドリックはあっさりと名前を口にしてしまう。さすがに理解はしているだろうが……自分は特別な存在だから許されるだろう、と思っているに違いない。

無茶をするというか、もはや、アホというしかない。

ユスティーナの怒りが爆発……するよりも先に、俺はセドリックの手を掴み、彼女の肩から引き離した。

「やめろ」

「……おい、なんの真似だ？」

セドリックに睨まれると、情けないことに体が震えてしまう。

こんなヤツに負けたくないとは思うが、今までいじめられてきた恐怖が体に染み付いてしまっている。それを簡単に振り払うことができず、言葉に詰まってしまう。

それを見たセドリックはニヤリと笑い、凄んでくる。

「お前ごときが僕に逆らうつもりか？　あぁ？　ずいぶんとふざけた真似をしてくれるなあ……どうやら、調教が足りなかったみたいだな」

「くっ……」

「今度は、お前の実家である、あのみすぼらしい宿を徹底的に潰してやろうか？　それとも、訓練で徹底的に叩きのめしてやろうか？　なぁ、おい、どれがいい？　特別にお前に選ばせてやるよ」

「そんな、ことは……！」

「まあ、僕も鬼じゃない。ここで土下座をして、二度と僕の邪魔をしません、と謝罪するのなら許してやるよ。ああ、そうそう。あと、ユスティーナにも言ってやってくれ。ユスティーナにふさわしいのは自分ではなくて、この僕だ……とな」

正直に言おう。

セドリックのことが恐ろしく、今すぐにでも謝ってしまいたい。

しかし。

ここで、ユスティーナを売ることはできない。彼女の気持ちに応えるかどうか、それはまだわからないが……好きと言ってくれる女の子を売り飛ばすなんてこと、男ならできるわけがない！

「イヤだ」

「……あぁ？　てめえ、今、なんて言った？」

「イヤだ、って言った。セドリックの言うことは聞けない」

「てめえ……」

「ユスティーナは、セドリックが手を出していい子じゃない。やめろ」

「よーし、わかった。そこまで死にたいっていうのなら、お望み通りにしてやるよ。この僕を怒らせた罪、その体にたっぷりと教えて……」

「アルトっ！！」

セドリックを完璧に無視して……というか、欠片も目に入っていない様子で、ユスティーナがこちらに抱きついてきた。

「うわっ!?」

突然のことに対応できず、ユスティーナに押し倒される形で尻もちをついてしまう。

彼女は目をキラキラとさせつつ、俺におぶさるようにぐいっと体を寄せてくる。

「ボクのために、あそこまで言ってくれるなんて……ボク、すごく感激したよ！」

「え、いや……あれは、なんていうか……」

「うん、わかっているよ。アルトは、まだ、ボクのことをどうしていいかわからないんだよね？」

「……ああ、その通りだ。悪い」

「ううん、気にしないで。ボクが強引っていうのは理解しているから。でもね」

優しく笑いながら、ユスティーナがもう一度抱きついてきた。

「それでも、ボクのことを助けてくれたアルトの気持ちは、すごくうれしいよ。ありがとう、アルト。また助けられちゃったね」

不思議だ……今までの俺ならば、決してこんなことはできなかった。しかし、ユスティーナのためなら勇気が湧いてくる。

ただ、勇気だけで全てが解決するわけじゃない。

「くだらねえ茶番を見せつけやがって」

セドリックが怒りに目を血走らせる。

「とりあえず……アルト、てめえは半殺し決定だ。食事もできないくらい、ボコボコにしてやるよ。それでもって、ユスティーナ。僕をコケにしたヤツは、女でも許さねえ。幸い、いい顔をしてるからな。たっぷり楽しんでやるよ、へへへ」

「くっ……！」

なんとしても、ユスティーナだけは守らないと。

気合を入れて立ち上がるのだけど……そんな俺の前に、ユスティーナが仁王立ちする。

「許さない、っていうのはボクのセリフだよ」

「あん？」

「言ったよね？　竜にとって名前は神聖なもので、気軽に呼ぶことは許さない……って」

「はっ、それがどうした？　竜だからって、僕が怯むと思ってんのか？　なめんなよ、ただの小娘じゃねえか」

「あと……キミがアルトのことをいじめていたんだね？　そっちの方が許せないよ……絶対に許さない！」

「ゴミを蹴飛ばしてなにが悪い！　そんな愚図、僕にかわいがられる以外に使い道なんてないんだ。むしろ感謝してぐふぉおおおおおっ！！！？」

ユスティーナがセドリックをデコピンで吹き飛ばした。

巨大な鉄球でもぶつけられたかのように、その体が吹き飛ぶ。机を薙ぎ倒して、廊下に繋がる壁をぶち抜いて、さらに窓を突き抜ける。

それでも勢いが止まらず、校舎の外……グラウンドの中央にまで吹き飛ばされて、よう

やく停止。

遠くだからハッキリとは見えないが、手足がわずかに動いているようなので、ひとまず生きてはいるみたいだ。

「ふんっ」

ユスティーナは、汚いものに触れたというように、指先をハンカチで拭う。

つ、強い……

見た目は可憐な女の子だけど、改めて竜なのだと思い知らされる。しかし、竜だとしても、その力は異常ではないか？　これほどまでの力があるなんて、完全に予想外だ。

それに、ユスティーナは手加減しているように見えた。それで、これだけの威力だ。

これが、神竜バハムートの力……

ユスティーナの力……

改めて、とんでもない子に惚れられてしまったのだと思い、色々な意味で震えた。

◇

机が薙ぎ倒され、教室の壁に穴が開き、窓ガラスが割れ……攻撃魔法が炸裂したかのように教室はメチャクチャになったが、ユスティーナが怒られることはなかった。むしろ、肩を抱いて、あろうことか名前を連呼したセドリックに非があるという判断に。

普段はセドリックの権力にヘコヘコしている先生だけど、今はそれ以上に、ユスティーナに怯えているらしい。

とんでもない力を持っているから、わからないでもない。

それに、人で例えるなら王女さまだ。ユスティーナの機嫌を損ねる＝竜族の機嫌を損ねる、という最悪の事態になりかねない。

そんなことになれば、アルモートは大打撃を受ける。この国は竜と共存しているから栄えているのであって、その加護がなくなれば、あっという間に滅びるだろう。

故に、セドリックよりもユスティーナを優先するのは当たり前の流れだった。

ただ……

「あう……ごめんね、アルト」

ユスティーナはやりすぎたと反省していて、しょぼんと落ち込んでいた。

昼休み。

ユスティーナに二人きりになりたいと言われ、適当な場所である屋上へ。

屋上はちょっとしたスポーツができるほど広い。3メートルほどのフェンスで覆われているものの、観葉植物が彩りとして添えられているため、圧迫感などはない。

生徒たちの憩いの場となるように、中央に小さな人工池がある。その周囲を囲むように、ベンチが並べられていた。

その一つに並んで座る。

すると、ユスティーナはまず最初に頭を下げる。

「ボク、やりすぎちゃったよね……？」

「えっと……まあ、そうだな」

ウソをついても仕方ないと思い、率直な感想を述べた。

あううう、と妙なうめき声をこぼして、ユスティーナが再びしょぼんとなる。

「壁の修理とか、けっこう大変そうだし……色々とまずかったかもな」

「ごめんなさい……アルトがバカにされて……それで、あいつがアルトをいじめてた相手ってわかったら、なんかもう、どうしようもなく腹が立って……で、でもでも、一応、手加減はしたんだよ？　本気でやれば、校舎ごと吹き飛ばすことだって、簡単にできたから」

ユスティーナなら可能なのだろうと、ついつい乾いた笑いがこぼれてしまう。

「やりすぎはやりすぎだから、注意した方がいいと思う」

「そうだよね……」

「でもさ……ありがとう」

「ふぁ」

お礼というのも変だけど、ユスティーナの頭を撫(な)でた。

ユスティーナは頬を染めるのだけど、照れているのか気持ちいいのか、よくわからない反応を見せている。

「俺のために怒ってくれたんだろう？　やりすぎたかもしれないが、ただ、そのことについてはすごくうれしかった。ありがとう」

「当たり前だよ。好きな人をバカにされたんだもん」

「正直に言うと、スカっとしたよ」

「そうなの？」

「ああ、そうだ」

「ふふっ、アルトもいけない人なんだね」

「そうかもな」

互いにくすくすと笑う。

「まあ、反省しているなら、それでいいんじゃないか？　この話は終わりにしよう」

これ以上とやかく言うことではないし、俺のためにしてくれたことだから、きつく怒ることもできない。

それに繰り返しになるが、正直うれしい。

誰かが力になってくれる、誰かが傍にいてくれる。

それがこんなに温かいことだったなんて……ユスティーナのおかげで、そのことを思い出すことができた。

「さ、昼を食べよう」

屋上に来る前に、学食で二人分のサンドイッチを買っておいた。

「あ、その……ボクから誘っておいてなんだけど、ボクと二人きりでいいの？　迷惑じゃない？」

「迷惑なら断っているさ。それに、ユスティーナと色々と話をしたいと思っていたから」

「そうなんだ……えへへ、よかった！」

ユスティーナが笑顔になる。

やはり、この子は笑っている方がいい。周囲を温かくするというか、そんな不思議な魅力がある笑顔だ。

「ほら、サンドイッチ」

「うん、ありがとう！」

いただきますをして、一緒に昼ごはんを食べる。

ユスティーナがぱくりとサンドイッチを口にして、それから、どこか慌てた様子で口を開く。

「サンドイッチ、お、おいしいね！」

「ああ、そうだな。たくさん具が入っているんだけど、お手頃価格なんだよ。だからいつも競争が激しくて、すぐに売り切れるんだよな」

「屋上、い、いいところだね！」

「ベンチがあってのんびりできるからな。あと、花壇もあるし芝生もあるし……たまに昼寝してるヤツもいるよ」

「えと、えと、えと……あううう」

なぜか、ユスティーナがぐるぐると困った顔に。

さきほども慌てていたが、どうしたのだろう？

「どうしたんだ？」

「えっと、そのぉ……」

今のユスティーナは、見知らぬところに連れてこられた猫みたいだ。

なぜか緊張しているみたいだが、しかし、そんな様子もかわいらしいと思う。ユスティーナだからこそ、そう思うのかもしれないが。

「アルトと二人きりなのはうれしいんだけど、でも、いざとなると緊張しちゃって、なにを話したらいいかわからなくなっちゃって……アルトが色々と話題を振ってくれたのに、なんか、頭の中真っ白で……あうあう」

「えっと……緊張していたのか？」

「してるよぉ。だってだって、好きな人と一緒にごはんを食べているんだよ！　緊張するに決まっているよ」

「そ、そっか」

好きな人と言われてしまい、ちょっと照れた。

「えっと……実のところ、俺も緊張しているんだ」

「えっ、アルトも？」

「俺、友達がいないから、誰かと一緒に食べるっていうことがなくて……それに相手は、その……俺のことを好きって言ってくれるかわいい女の子だし……緊張しているよ」

「か、かわいい……」

ユスティーナは照れて赤くなると、チラチラとこちらを見て、指先と指先を合わせてもじもじ。そういう仕草もかわいらしくて、心を射抜かれてしまいそうになる。

ユスティーナは竜だけど、それ以前に一人の女の子なのだと理解させられた。

「でも……そっか、そうなんだ。アルトも緊張していたんだ。でも、そんな風には見えなかったけどなあ」

「必死になんでもないフリをしていたんだ。男なりのプライド、っていうやつ」

「そっか……」

ちょうどいい機会なので、ずっと聞きたかったことを聞いてしまおう。

「あのさ……質問いいか？」

「うん、なんでも聞いて。あ、まって。やっぱり、スリーサイズとかを聞かれるのは、ちょっと恥ずかしいかも……でもでも、アルトなら……あうあう」

「き、聞かないから！　そんなことは興味ないからな!?」

「興味ないんだ……むううう」

今度は膨れた。

どうしろと？

「ごほんっ……えっと、話を元に戻すけど……その、どうしてユスティーナは俺のことを？」

「なんで好きになったのか、っていうこと？」

「ああ。色々と考えたんだけど、そこがまったくわからなくて……俺たち、以前に一度、会っただけだよな？　実は昔、小さい頃に一緒に遊んでいたとか、そういうオチはないよな？」

「ないよ。ボクとアルトは、この前会ったのが最初だよ」

「なら、どうして？」

「一目惚れなんだ」

ユスティーナは自分の胸元に手を当てて、そこにある想いを確かめるように大事にするように、静かに話をする。

「アルトはボクを助けてくれた。それに、怪我をしてまでボクのことを守ってくれた。ボク、あんなに優しくされたことは初めてで……あとあと、弱いところを見せてくれたから、そこできゅんってしたんだよね」

「……そ、そうか」

「そうやって、照れてるところもかわいいんだよね」

ユスティーナは、俺を悶絶させるつもりか？

「でもさ、そういうのは全部後付になるんだよね」

「と、いうと……？」

「初めて見た時から……視線が重なった時から……ボクはアルトに恋をしていたの」

「それは……」

「一目惚れ、っていうやつだよね。考えれば、あれこれと理由は出てくるんだけど……でもでも、そんなものは必要ないんだ。アルトのことが好き。その気持ちだけはハッキリしてて、この胸の中にあるから」

「……そっか。うん、ユスティーナの気持ちはわかったよ」

「アルトは、その……どうかな？　ボクのこと……どう思う？」

こちらを見るユスティーナの目には、期待と怯えの両方の色が。

うまくいくか振られるか、二つの可能性を考えて不安になっているのだろう。

俺はどうするべきか？

「そのことについては……卑怯な答えになるんだけど、保留にさせてもらえないか？」

「保留？　っていうことは、期待してもいいのかな……？」

「ああ。そういう可能性はあると……思う」

断言はできず、やや端切れの悪い言い方になってしまう。

「さすがに出会ったばかりだから、ユスティーナのことは好きとは言えない。でも、この先もずっと好きにならないかどうか、それはわからなくて……だから、できることなら時間が欲しい。ユスティーナと向き合う時間が欲しい。一緒の時間を過ごして、ユスティーナのことを知っていって……それで答えを出したいと思う。もちろん、ユスティーナにも俺のことを知ってほしい」

「……アルト……」

「それが今の俺の答えになるんだけど……どうかな？」

ユスティーナは目を丸くして、驚いたような顔になる。

呆れられてしまったのだろうか……？

なんて不安に思っていると、今度は笑顔になる。

「ありがとう、アルト……すごく、すっごくうれしいよ。ボクのことをちゃんと考えてくれているからこその答えなんだよね……あーもう、うれしすぎて胸が爆発しちゃうかも」

「はは、大丈夫か？」

「もちろん！　アルトの答えを聞くまでは、絶対に死ぬわけにはいかないからね！」

大げさだなあと思うが、それくらい大事なことなのだろう。

この先、ユスティーナのことをどう想うかわからないが、彼女の隣に立っても恥ずかしくない人になりたい。

そう思った。

◇

ユスティーナは、ごはんを食べた後、用があると言いアルトと別れた。

本音を言うのならば、昼休みが終わるまでアルトと一緒にいたい。とことん甘えて、また頭を撫(な)でてもらいたい。

しかし。

甘える前に、やっておかないといけないことがある。

ただ単に、アルトと一緒に過ごすために入学したわけではない。

もちろん、恋を成就させることは大事だが、それと同じくらい重要なことが他にある。

それはなにか？

答えは……アルトの敵となる存在を排除すること。


ユスティーナは学院長室にいた。

床全体に細かな装飾が施された絨毯が敷かれていた。来客用のテーブルとソファーが二対、向かい合うように設置されている。

部屋の端に本棚が三つ。いずれも学術書などが収められていて、部屋の主の知識欲をうかがわせた。

「それで……どういうことなのかな？」

ユスティーナはソファーに座り、冷たい視線を下に向ける。

その先には、土下座をする学院長と副学院長……それと、担任の姿が。揃って青い顔をしていて、ダラダラと尋常ではない量の汗をかいている。

それもそのはずだ。

ユスティーナは過去最大級に機嫌が悪かった。とんでもなく不機嫌だった。竜を怒らせるということは、即ち死を意味する。

しかも、ユスティーナはただの竜ではない。竜の頂点に立つ者……神竜バハムート。

まだ15歳の女の子とはいえ、ユスティーナが本気で暴れたりしたら、アルモートはなにもできずに消滅するだろう。

それだけの力がある存在を怒らせてしまい、学院長たちは生きた心地がしなかった。

「この学院でいじめが行われている。そのことについては？」

「そ、そのようなことがあったなんて恥ずかしながら知らず、自分の不勉強を恥じる次第でございまして……」

「本当に？」

「え……？」

「本当に知らなかったの？」

無機質な瞳で睨みつけられて、学院長は言葉に詰まる。

その反応を見て、ユスティーナはさらに不機嫌そうな顔に。今すぐにでも暴れ出してもおかしくない雰囲気だった。

学院長たちの顔色が青から白に変化する。

「ボク、ウソをつかれるのは嫌いなんだ。だから、もう一度、聞くよ。いじめが行われていること、本当に知らなかったの？」

「も、もうしわけありませんっ！！　本当は、し、知っておりました！」

「そうなんだ……やっぱり、知っていたんだね？」

ユスティーナからの圧が強くなる。

　空気が悲鳴をあげる。見えない壁がのしかかっているかのように、学院長たちは呼吸さえも困難になってしまう。

「まあ……いじめが起きていたこと、それ事態を責めるつもりはないよ？　大なり小なり、そういうことは、どんなに気をつけていても起きちゃうものだからね。うん。そのことについては責めるつもりはないんだ」

　ただ……と間を挟み、判決を告げる裁判官のように厳かに言う。

「いじめが起きていることを知りながら放置をする……これは、どうかと思うよね」

「もうしわけありませんっ！」

「先生なんだよね？　なら、生徒が困っているなら助けるべきだよね？　それなのに、見て見ぬ振りをする……それは正しいことなのかな？」

「もうしわけありませぇええええええんっ！！！」

　もはや学院長たちは謝ることしかできず、ひたすらに土下座を続ける。

「この学院は、ボクたち竜と人間の融和の証みたいなもの。共に歩んでいくパートナーとして、協力しあう証のようなもの。だからこそ、ボクたちはその身を騎竜として差し出して、竜騎士の力になっていた」

「はい、はい！　まさに仰る通りで！」

「でもね……？　いじめをするような竜騎士に、ボクたち竜は力を貸すことはできない。

そんなことをしたら、己の誇り、心を自分で汚してしまう。ボクは別に威張るつもりなんてないけど、人間で言うと王女のような立場なんだ。山に帰って、こう報告しようか？　あの学院……強いてはアルモートは、竜が力を貸すようなところじゃない……って」

「ひぃ……!?」

その光景を想像して、学院長は本気の悲鳴をあげた。

アルモートは竜の力に依存しているところが大きく、その協力がなくなれば、間違いなく滅びるだろう。

自分たちがいじめを見過ごした結果、竜の協力が得られなくなったとしたら？

まず間違いなく処罰されるだろう。

ただの処罰ではない。世紀の愚か者として、十中八九、死罪だ。

国が滅びる前に、自分たちが滅びてしまう。

「そ、それだけはご勘弁を！　どうかっ、どうかぁああああ！！！」

学院長は冷や汗を大量に流しながら、必死になって懇願した。床に頭をぶつけるような勢いで土下座を繰り返して……というか、実際にガンガンとぶつけていた。

副学院長も担任も、一蓮托生(いちれんたくしょう)であることを理解しているため、同じく頭を何度も床にこすりつける。

「もうしわけありません！　誠にもうしわけありませんでしたっ！！！　もうしわけあり

ませんでしたぁあああああっ！！！！」

「謝る相手が違うんじゃないかな？　ボクじゃなくて、いじめられていた人に謝るべきだよね？」

「は、はい。まさにその通り、はい、お、仰る通りでして……」

「……ふぅ」

ユスティーナはため息をこぼした。

なんてつまらない人間なのだろう。

自らの保身と贅沢をすることしか考えられず、そのためならばなんでもする。プライドというものはないのだろうか？

父や母から聞いた勇者という存在は、なかなかに素晴らしい人物だったみたいだが、これでは同じ人間とは思えない。

そんなことを考えるユスティーナだけど、人に失望することはない。なぜなら、彼女が好きになった相手もまた、人間なのだから。

これ以上の怒りは表に出さないことにした。今やるべきことは、大好きな人が安心して学院生活を送れるようになることで、学院長たちを脅すことではない。

「いい？　今後は、このようなことはないようにしてね。いじめをなくせとまでは言わないけど、そういうことが起きたら、きちんと誠実に向き合うこと」

「は、はい！　肝に銘じます！！」

ひたすらに謝罪と了解を繰り返す姿を見て、ユスティーナはちょっとだけ不安になる。

この人たち、ちゃんと人の話を聞いているのだろうか？　こちらの言いたいことを、しっかりと理解しているのだろうか？　その場しのぎに、ひたすらに謝罪を繰り返しているだけではないか？

そんな懸念を覚えたユスティーナは、しっかりと釘を刺しておくことにした。

「それじゃあ、よろしくね」

「は、はい。もちろんです……！」

学院長室を後にしようとしたユスティーナを見て、ようやく嵐が過ぎ去ると、学院長たちはほっとする。

その時、くるりと、彼女が扉の前で振り返る。その顔は……にっこり笑顔だ。

「あっ、そうそう」

「な、なんでしょうか!?」

「もしも、また同じようなことが起きたら……ボク、許さないからね？」

絶対零度の声で許さないと言われて、学院長たちは魂が抜けるような恐怖を味わった。

「ボク、失敗は一度だけしか許さないからね。二度目はないよ？」

「は、はひぃ……！」

「そのことをよーく覚えておいてね。じゃあね」
ユスティーナは念押しをするように笑ってみせて、学院長室を後にした。
残された学院長たちは、笑っているのにまるで笑っていない笑顔が脳裏にこびりついて
……しばらくの間、恐怖に震えていた。

「くそっ、くそくそくそぉおおおお！　ちくしょう、いてぇ、いてえよぉ！！！」

保健室のベッドで、包帯だらけのセドリックがうめく。

ユスティーナに一撃でやられた後、保健室に運び込まれて、担当医による魔法の治療が行われた。

魔法というのは、現実を書き換える特殊な能力のことだ。

目に見えない力……精神的なエネルギーである『魔力』を糧にして、無から有を生み出すことができる。

例えば、火を点けたり。

例えば、水を作り出したり。

人々にとって魔法は欠かせないものとなり、日常生活に多く活用されている。それだけ

ではなくて、戦いの場でも利用されるなど、その使い道は多岐にわたる。

傷を癒やす魔法もあり、実技訓練もある学院では、治癒専門の教師が重宝されていた。

その教師は優秀な魔法使いであり、彼女の治療のおかげで、セドリックは後遺症が残ることはなかった。

しかし、完治したわけではないので、数時間の安静が必要だ。痛みを軽減することができず、悶えることしかできない。

痛みとユスティーナにやられた屈辱と。それらが心をかき乱して、セドリックは恨み節をこぼす。

「くそっ、あの女、許さねえ……この僕をこんな目に遭わせるなんて……！　土下座させて、それから狂うまで犯してやる！」

セドリックは懲りることを知らないらしい。デコピン一撃でやられたことも忘れた様子で、呪詛をひたすらに吐いていた。

そんな時、保健室の扉が開いて担任の教師が姿を見せた。

「えっと……アストハイム君。大丈夫ですか……？」

「大丈夫なわけねえだろ！　てめえ、目が腐ってんのか⁉」

セドリックは教師にすら噛みつくが、これは日常茶飯事だった。貴族の息子であるということに酔っているために、学院の者全てが自分にひざまずくべきだと本気で信じている。

教師はそんな彼の権力を恐れて注意することができない。

結果、セドリックが増長することになった。ある意味で、教師の怠慢とも言える。

教師は恐る恐る声をかける。

「あの……怪我の具合はどうですか？」

「こんな怪我どうでもいいんだよ！　いや、よくねえよ！　くそっ、ちくしょうっ！」

「えっと……」

「おい、あの女はどうした!?」

「あ、あの女というと……エルトセルクさんのことですか？」

「そうだ、竜のボケ女だ！　この俺にふざけた真似をしやがって……あいつを連れてこい！　縛った上で身動きできないようにして、俺の前に連れてこい」

「えっと……す、すみませんが、それはできません」

「あぁん、なんだと？」

セドリックに睨まれて、教師はビクリと体を震わせた。教え子に恫喝されて震えるというのは、なかなかに情けない。

ただ、それでもセドリックの言うことは聞けない。

「すみませんが……それは無理です。彼女に関してだけは、アストハイム君に協力することはできません……」

「なんでだよ!? 今まで、ヘコヘコと俺の言う通りにしてきたくせに……！」

「し、しかし、相手は竜の王女なのですよ？ しかも、この国を単独で滅ぼすことができる力を持った、神竜……バハムート。そんな相手を敵に回すようなことはできません」

「てめえ……なら、僕の家を敵に回すか？」

「そ、それも致し方ない……という結論になります」

「なんだと？」

「これは学院の総意なんですよ……アストハイム君の家は恐ろしい。しかし、それ以上に、エルトセルクさんの方が何倍も……何万倍も恐ろしい。彼女だけは、絶対に敵に回してはいけないんですよ……」

怯（おび）えるように言った後、それ以上言葉を交わすことなく、教師は保健室を後にした。

一人残されたセドリックは……

「くそっ、ちくしょうっ……このままで終わってたまるかよ」

変わることなく、ひたすらに苛立ちを募らせていた。

◇

午後……竜の騎乗訓練が行われることになり、俺たちは体操服に着替えてグラウンドに出た。

ちなみに、学院の俯瞰図を説明すると……

門を潜ると、最初に校舎が見える。5階建ての校舎で、『コ』の字の形をしている。

その本棟の右手に、竜などが待機する竜舎。

左手には、プールやトレーニングルームなどが入っている特殊棟。

それらの後ろに、本棟の5倍の広さはあろうかというグラウンドが。それだけではなくて、屋内訓練場や、竜が飛翔するための滑空場もあった。

俺たちは、先生の合図でグラウンドの一角に集合した。

グラウンドの端に、二匹の竜が待機している。これから、あの竜の背中に乗る訓練をするのだけど……

「えっと……エルトセルクさん？　どうして、あなたは制服のままなのですか？」

先生が不思議そうに尋ねた。

それもそのはず。ユスティーナだけ体操服に着替えることなく、制服のままグラウンドに集合していたのだから。

先生の質問に、ユスティーナは不思議そうな顔をして答える。

「え？　だって、ボクは竜だよ？　乗る方じゃなくて乗られる方だから、あっちだよね」

ユスティーナが竜に変身……いや、元々が竜なのだから、変身じゃなくて元に戻る？

ええい、ややこしい。

とにかくも、竜の姿になり、二匹の竜の隣に移動した。

「やっほー、こんにちは」

「ひ、姫さま⁉」

「我らのようなものに挨拶など……！」

二匹の竜はユスティーナを見ると思いきり萎縮して、頭を深く下げる。

ユスティーナは竜で、しかも、その頂点に立つ神竜なんだよな。改めて、そのことを思い知らされる光景だった。

……というか、他の竜からは姫さまって呼ばれているのか。新しい発見だ。

先生はやや唖然とした後、見なかったことにして、話を次に進める。

「あー……それじゃあ、男子と女子。名前の順に一人ずつ、騎乗の訓練を行うように。時間制限は、一人5分。振り落とされたりしたら、その時点で終わりとするので、注意して、しっかりとやるように。もちろん、怪我にも注意するんだぞ」

先生の合図で、男女のペアが二匹の竜に向かう。そのまま二人は腰を90度に曲げて、しっかりとした挨拶をする。

「よろしくおねがいします！」

「うむ。我がそなたを鍛えよう」

ユスティーナと違い変身はできないらしいが、彼らは人語を理解できる。こうして言葉を交わし、特訓に付き合ってくれるため、色々と助かっている。

「先生、ボクは？」

のんびりと待機していたユスティーナが、軽く首を傾げながら先生に問いかけた。

「えっ⁉　そ、そうですね、エルトセルクさんは……ど、どうしたいですか……？」

逆に聞いてどうする。

しかしまあ、竜の王女を気軽に特訓に付き合わせるわけにもいかず、先生も扱いに困っているのだろう。

「んー……じゃあ、アルトの特訓に付き合ってもいい？　つきっきりで」

「エステニア君の……ですか？　えっと、しかし、そのような特例は……」

「ボクの好きにしていいんでしょ？」

「ええっと……まあ、仕方ないですね。はい、いいですよ」

「やったー！　じゃあ、アルト。一緒に練習しよう？」

「えっと……いいんですか？」

俺だけユスティーナにつきっきりで特訓してもらうなんて、いいのだろうか？

先生に尋ねるが、疲れたような顔で肯定される。

「ええ、構いませんよ……エステニア君に問題がなければ、好きにさせてあげてください。それに、エルトセルクさんも、他の生徒を乗せる気はないでしょうし……」

「あ、それはあるねー。ごめんね、みんな。ボク、主と認めた人しか背中に乗せたくないから、みんなの練習に付き合うことはできないや」

ユスティーナがもうしわけなさそうに言うと、クラスメイトたちは、気にしないでほしいと返した。竜の王女でありバハムートであるユスティーナに騎乗することに、みんなは遠慮しているのだろう。

「それじゃあ、アルト。ボクに乗って」

「わかった」

俺も多少のためらいはあるが、彼女と一緒に訓練する道を選ぶ。

強くなりたい。英雄になりたい。

その想いは今も胸に強くあり続けている。

ユスティーナを利用するみたいでもうしわけないのだけど、強くなれるのならば、できることは全部するつもりだった。

「じゃあ、失礼するぞ」

「うん。どうぞどうぞー」

地面を蹴り跳躍して、ユスティーナの背に乗る。普通の騎竜は背中に鞍をつけているが、彼女は今変身したばかりなので、そんなものはつけていない。

鞍がないと簡単に落ちてしまうため、気をつけないと。

衝撃をかけないように膝を曲げて着地すると、ぽんぽんと背中を撫でる。

「これは……」

不思議な感覚だ。背中に乗ると、あれほど大きく見えていたユスティーナの体が小さく見えた。

手綱はないし鞍もない。それなのに、とても安定していて……まるで人馬一体。変な意味ではなくて、ユスティーナと一つになったような気分だ。

「うっ……こ、これはなんていう……お、おとなしくしてください！」

「そんなに動いたら振り落とされるから……きゃあ!?」

クラスメイトたちは苦戦中だ。竜を手懐けようとしているが、言うことを聞いてくれない。あれこれと言葉をかけているものの、竜は人語がわからないフリをして、好き勝手に暴れる。

別に、竜が意地悪をしているわけではない。竜は己が認めた者以外は背中に乗せないため、それ故に振り落とそうとしているのだ。

これを防ぐには、力を見せつける必要がある。決して動揺することなく、己の器が大きいことを見せて、力強い声で命令を下す。相手が竜であろうと気後れすることなく、真正面からぶつかる胆力が求められる。そのための訓練だ。

しかし、クラスメイトたちは力をうまく示すことができず、竜に振り回されて苦戦していた。

「大変そうだね」

「え？　なんで？」

「俺は……なんというか、もうしわけないな」

「俺の場合、相手がユスティーナだから……そのおかげで、こうしてちゃんと乗ることができる。そうなんだろう？」

「んー、そんなことないと思うよ」

「え？」

「アルトは……その、ハッキリ言っちゃうと力は足りないかな。騎士としては、まだまだだと思う」

「うぐっ」

本当にハッキリと言われてしまい、胸に針が刺さったような気分だ。

でも、下手に気を使われるよりはマシか。

今は弱くても、いずれ強くなってみせる。

「でもね、竜騎士として見た場合、けっこう……ううん。とんでもないレベルにいると思うよ」

「そんなことはないだろ」

「そんなことはあるんだよ」

なぜか、ユスティーナは自信たっぷりに言う。

「確かに、ボクはアルトのことが好きだよ？　でも、それとボクの背中に乗せることは、まるっきり別問題なんだよ。いくら好きな人でも、竜の扱いがなっていない人は背中に乗せたくないもん。だから、アルトならって言ってたけど、実のところちょっと不安だったんだよね」

「そう……なのか？　しかし、俺はなにもしてないぞ？」

「そんなことないって。背中に乗る時、ボクのことを気遣って着地してくれたし、あと、ぽんぽんって撫でてくれたし。そういう細かいケアが必要なんだよ。それができるアルトは、竜騎士としての才能があると思うな。竜に優しくして、共に歩む覚悟がある人は、きっと立派な竜騎士になれるよ」

バハムートであるユスティーナに言われると、素直にうれしかった。

すぐに自信を持つことはできないが、それでも、前を向いていたいと思う。

「エステニアのヤツ……普通の顔をして、エルトセルクさんに乗っているな。バハムートなのに……アイツ、怖くないのか？」

「普通に話をしているみたいだけど、すごいわね……あたし、竜に乗ってる時はいつも必死なんだけど」

「セドリックに絡まれてるところしか見てなかったけど……こうしてしっかりと見ると、エステニアって、実はすごいのか？」

ユスティーナの背に安定して乗る俺を見て、クラスメイトたちがざわざわとした。

そんなささやき声を聞いて、未だうまく竜に乗ることができない男子生徒の顔が赤くなる。彼は地面に降りると、こちらに大きな声をぶつける。

「おいっ、エステニア！　お前、卑怯だぞ」

「えっと……なんのことだ？」

「エルトセルクさんに気に入られているから、そんなに簡単に竜に乗ることができるんだろ？　ズルみたいなものじゃないか！」

「あのねー……アルトはキミと違って、ちゃんと竜を理解してくれているから……」

「……わかった。なら、今度はそっちの竜に乗せてくれないか？」

ユスティーナが反論しようとしたが、制止する。

男である俺は、女の子の影に隠れるわけにはいかない。

彼女に好意があるか、それはまだわからない。ただ、好きと言ってくれる女の子の前では、男は格好をつけたいものだ。いじめられっ子の俺ではあるが、それくらいのプライドはある。

「アルト、大丈夫？」

「ユスティーナの言葉を信じて、できることをやってみるさ」

心配そうな声を出すユスティーナに、俺は軽く笑ってみせた。

そして、男子生徒と交代して竜の背に乗る。

「ふんっ、姫さまに気に入られているというだけで、大した力を持たない人間め……我は手加減などしないぞ」

竜は不機嫌そうに言い、俺を振り落とそうと暴れた。男子生徒が乗っていた時よりも激しく、上下左右に体が振り回される。

長くは保たないため、すぐに決着をつけないと。

「落ち着け」

「むっ!?」

竜の背中をそっと撫でる。

「落ち着け」

もう一度、同じ言葉を繰り返した。強く敵視されたとしても、俺がすることは変わらない。力を貸してほしいと、背中に乗せてほしいと、まっすぐにお願いするだけだ。

それくらいしか俺にできることはない。

「力を貸してほしい」

「……」

「頼む」

「……やれやれ」

ほどなくして竜は暴れるのをやめた。

こちらを気遣うように、軽く体を動かして、俺が落ちないように姿勢を整えてくれる。

一応、認めてくれたみたいだ。

「す、すげえ……エステニアのヤツ、竜を乗りこなしたぞ……」

「エルトセルクさんが贔屓してる、っていうわけじゃなかったのか……」

「あいつ、その……色々あったから、騎乗訓練をするの、これが初めてだろ？　それなのに、アレかよ……」

ざわざわとクラスメイトたちが驚いていたが、実は、俺が一番驚いていた。

セドリックにいじめられていたせいで、まともに騎乗訓練をしたことはなくて……今回が初めてのようなものだ。下手をしたら、すぐに振り落とされてしまうと思っていたが、まさかうまくいくなんて。どうしてだろうか？

「なんで、俺に力を貸してくれたんだ？」

俺は大した力を持っていないし、それこそ先のクラスメイトの方が強い。

それなのに、どうして竜は言うことを聞いてくれたのか?

「ふん……今までたくさんの騎士を我の背中に乗せてきたが、皆、力を見せつけてきた。我にふさわしい乗り手なのだと、力で屈服させてきた」

「まあ、普通はそうなるよな」

「しかし、お前は違う。我を対等な相手と見て、言葉で語りかけてきた。そのようなヤツは初めてだ。まったく……前代未聞だな」

「す、すまない……?」

「謝るな。それはそれで、悪くないと思ったのだ。騎士と我ら竜はパートナーであり、対等の関係だ。そのことを、お前は誰に教わるわけでもなく、自然と理解している。それ故の行動なのだろうな」

「それは……」

「ふんっ。おもしろくはないが……さすが、姫さまが選んだ相手ということか」

俺の想いが通じた、ということだろうか……?

それは、とてもうれしいことのような気がした。

「さっすが、アルト！　ボクも鼻が高いよー」

なぜか、ユスティーナは自分の手柄のように喜び、誇っていた。

3章　愚か者に鉄槌を

一日の授業が終わり、放課後が訪れた。

今日は波乱万丈だった。

ユスティーナが転入してきて、俺に一目惚れをしたと全校生徒の前で宣言して……

クラスメイトになり、セドリックが瞬殺されて……

相当に濃密な時間を過ごした。学院に入学して一ヶ月と少し経ったけれど、今日が一番濃い時間であったと断言できる。

しかし、騒動は終わることはなく、まだまだ続いていたのだった。

寮は学院の敷地内にあり、校舎から少し歩いたところに建てられている。

場所は、街を軽く見下ろせるような丘の上。縦横に広く、8階建て。1階は食堂や浴場など。最上階の8階が教員用。2~7階が生徒用の部屋になっている。

俺の部屋は2階の一番端だ。その我が家に帰るのだけど……

「ただいま」

「うん、おかえりなさい♪」

なぜかユスティーナがついてきて、そんなセリフを口にした。

「あれ？　どうしたの？　もしかして、ボクがただいま、って言った方がよかった？　アルトは、おかえりなさい、って出迎えたい派？」

「なんの話だ？　それよりも……どうして、ユスティーナがここに？　それと、その荷物は？」

ユスティーナの隣に、自身と同じくらいの巨大な鞄が置かれている。ずっと気になっていたが……ついに我慢することができなくなり、そう尋ねた。

「ボクの荷物だよ」

「なんでここに？」

「もちろん、ボクがアルトと同じ部屋だからだよ」

「……まて。言っていることが理解できない」

答えのない問題を出されたように、混乱してしまう。

男子部屋、女子部屋というように、性別で部屋が分かれていることはない。竜騎士になれば性別なんて気にしていられないので、今のうちに男女の意識を取り除いておこう、という学院の思惑なのだろう。

ただ、寮は基本的に一人部屋のはずだ。

「どういうことなんだ？」

「ボク、遅れて入学したでしょ？　そのせいか、空き部屋がないんだって。だから、誰かと同室にならないといけないいんだけど……」

「……俺の部屋を選んだ？」

「正解♪」

当たってほしくなかった。

「というわけで、これから、部屋でもよろしくね」

「いや、ダメだろう」

「えー、なんでー。アルトは喜んでくれないの？　ボクは、学院だけじゃなくて寮でもアルトと一緒になれて、すごくうれしいよ」

「俺たちは男と女であって、さすがに、同じ部屋で暮らすなんてことは……」

「うん、同棲だね」

「うれしそうに言わないでくれ……本気か？」

「もちろん！」

とても元気よく頷かれてしまった。

最初はわからなかったけれど、今日一日色々と話すことで、少しは彼女のことを理解した。

とても強引で、目的のためには手段を選ばないところがあり……もう一度繰り返すが、とにかく強引だ。そんなユスティーナが決めたことを撤回させるには、とんでもない労力が必要だろう。というか、たぶん無理だ。

「……わかった。ユスティーナが俺の部屋に来ること、受け入れるよ」

「ホント？　ありがとう！」

色々と大変かもしれないが、子犬のように懐いてくるユスティーナを突き放すことは、どうしてもできなかった。

「荷物、持つよ」

ユスティーナの荷物を持とうとするが、まるで岩のようにピクリとも動かない。なんだ、この異常な重さは？

「これ、なにが入っているんだ……？」

「ボクの着替えとか日用品とか……色々だよ。女の子には、秘密のアイテムが多いんだ。いくらアルトでも、全部を教えるのはちょっと。あと、人間にはさすがに厳しい重さだから、普通にボクが運ぶよ」

ユスティーナは何事もないように、ひょいっと巨大な鞄(かばん)を片手で持ち上げた。

さすが竜。見た目は女の子でも、力は比べ物にならない。

「……ユスティーナといると、驚いてばかりだな」

「ボクをびっくり箱みたいに言わないでよー」

「すまん」

とにかくも、部屋に案内する。

幸いというべきか、日頃から部屋は綺麗にしているため、掃除は必要ない。少ない家具を移動させて、ユスティーナの荷物を置くスペースを用意した。

ユスティーナは、巨大な鞄から分解式のベッドやタンス、棚などを取り出してテキパキと組み立てる。そんなものが入っているとは。道理で重いはずだ。

それらを部屋に配置して、引っ越し完了。部屋は十分な広さがあるため、一人増えても大して問題はない。

「ふう、もうこんな時間か」

けっこうな時間が経っていたらしく、窓の外は暗くなっていた。

「そろそろごはんにするか。今日は食堂にしよう」

誰かに絡まれる可能性があるため、なるべくなら人が多い食堂は避けたい。

ただもう時間もないし、引っ越しで疲れたこともあり、食堂で済ませようと思う。

「ねえねえ、アルト。あのね……よかったら、ボクがごはんを作ろうか?」

「え？　ユスティーナ、料理ができるのか？」

「ぶー、なにその反応。ボクのこと、料理ができないダメダメな女の子だと思っていたの？　もう、傷つくなー」

「す、すまん。ただ、なんていうか……ユスティーナは竜だろ？　人の料理なんて知らないと思ってたし、あと、姫さまって呼ばれてたからさ。そういう立場の人は料理をする機会なんてないと思っていたんだ」

「確かに、ボクは竜でお姫さまだけどね。でもでも、その前に一人の女の子なんだよ？いつか好きな人に手料理を食べてほしい、って思って、料理の練習をしててもおかしくないでしょ？」

「その……好きな人、っていうのは……」

「もちろん、アルトだよ♪」

真正面から好意を告げられてしまい、さすがに照れた。

赤くなる俺を見て、ユスティーナはうれしそうな顔をする。

「ふふっ、アルトの照れ顔、かわいいね」

「からかわないでくれ」

「素直な感想だよ。とてもかわいいと思うよ。ぎゅう、って抱きしめたいくらい」

言葉通り、ぎゅうっと抱きしめる素振りをしてみせた。

「えっと……それで、料理を頼んでもいいのか？」

「あっ、ごまかした」

抱きしめてほしいなんて言えるわけがなくて、当然、ごまかした。

「もちろん、ボクに任せて。絶対においしい、って言わせてみせるよ」

「じゃあ……頼む」

「うん、頼まれました」

ユスティーナはエプロンを身に着けて、キッチンに移動した。ほどなくして包丁でまな板を叩く音や、なにかしら炒める音が聞こえてくる。

そこそこ料理ができるという自負はあるが、そんな俺以上に、ユスティーナの手際はいい。

ほどなくしていい匂いが漂い、腹が鳴ってしまいそうになる。これはかなり期待できるかもしれない。

「はい、おまたせー!」

おぼんに料理を載せて、ユスティーナがこちらに戻ってきた。部屋の中央にあるテーブルの上に、テキパキと料理を並べていく。

「今日はお肉を使った丼とサラダだよ。時間が時間だから、手早く済ませちゃった。でも、味は保証するよ」

「確かに……すごくうまそうだ」

「ささ、どうぞどうぞ、召し上がれ」

「……いただきます」

とにかくも食べてみようと思い、まずは肉を一口。甘辛いタレがかかっていて、かなり濃厚な味だ。しかし、しつこくないために食べやすく、食欲がほどよく刺激される。ごはんに甘辛いタレが絡みつくと、なんともいえない旨味が広がり……

「どうかな？」

「すごくうまい」

「えへへ、よかったー。それなりに自信はあったんだけど、でも、アルトの口に合うかどうかはわからなくて、ちょっと不安だったんだ」

「いや、不安になる必要なんてないぞ。これはすごくうまいし、誰が食べても満足すると思う」

「万人に受けても仕方ないんだよね。ボクは、アルトだけに喜んでほしいんだよ」

「そ、そうか」

ユスティーナからのまっすぐな想いを感じた。

一瞬、味がわからなくなってしまうくらい照れてしまう。

「あ、また照れてる？」

「……そんなことはない」

「今、間があったよ？」

「気のせいだ」

「どうかなー？　本当はボクの魅力にメロメロなんじゃないのかなー？」

「ノーコメント」

「あっ、それずるい」

ぷくーっと頬を膨らませるユスティーナは、素直にかわいいと思う。なんでこんな子が俺に……と思わないでもないが、その話は昼休みに終わっている。それは彼女の気持ちを疑う行為であり、傷つけてしまう。

疑問は尽きないが、何度も聞くことはできない。

俺はどうするべきか？

その答えはまだ出ておらず、見通しがまったく立っていないが……ユスティーナに対して、できる限り真摯に向き合おうと、改めて決意した。

「俺が食べるところばかり見ていないで、ユスティーナも食べたらどうだ？」

「おっと、そうだった。アルトがおいしそうに食べてくれるのがすごくうれしくて、ついつい見惚(ほ)れちゃった」

見惚れるのは俺の方だ。

「じゃあ、いただきまーす」

ぱくぱくぱく！

ものすごい勢いでごはんを食べて、あっという間に丼を空にしてしまう。

「ごちそうさま！」

「は、早いな……まだ、俺は食べている途中なのに」

「この後、ちょっと用事があったことを思い出したんだ。だから、すぐにごはんを終わらせることにしたの」

「用事？」

「んー……教室にちょっと忘れ物をしちゃって」

「もうこんな時間だ。生徒は入れないと思うぞ」

「大丈夫、大丈夫。事情を説明すれば、ちょっとくらい中に入れてくれるよ。生徒はいなくても、校舎に残っている先生はいるでしょ？」

「まあ、そうかもしれないが……そういうことなら俺も一緒に行こう。心配だ」

「大丈夫だよ。ボクの正体、忘れたの？」

「覚えているさ。竜で、その頂点に立つバハムートだろう？」

「なら……」

「でも、俺にとってはユスティーナという一人の女の子なんだ。女の子をこんな時間に一人で歩かせるわけにはいかない」

「……」

ユスティーナが赤くなり、ぽーっとこちらを見つめた。

それから、ふにゃりとうれしそうに笑う。

「もう……アルトは、いつもボクが欲しい言葉をくれるんだね。ボクのこと、きちんと女の子扱いしてくれて……えへへ、うれしいな」

「それはするだろう。ユスティーナはかわいい女の子じゃないか」

「あう……今のは、さすがに照れるかも」

ユスティーナが照れくさそうにはにかむ。

そのまま立ち上がり、部屋の扉に向かう。

「あっ、おい」

「大丈夫、大丈夫。ボクのことなら心配しないで。ホント、すぐに帰ってくるから」

「しかし……」

「悪いけど、ボクが出ている間、食器とかの後片付けをお願いしてもいいかな？　それじゃあ、よろしくね！」

強引に話を終わらせると、そのまま部屋の外に出てしまう。

後を追い廊下に出たけど、すでに彼女の姿は消えていた。

「速すぎだろ……」

とにかくも、放っておくわけにはいかない。

鍵をかけた後、俺も校舎に向かう。

◇

竜騎士学院は広大な敷地を必要とするため、街はずれに建設されていた。寮は学院の敷地内にあり、校舎から10分ほど歩かなくてはいけない。

ユスティーナは夜の静かな道を歩いて、そのまま敷地の外へ。

アルモートは栄え続けていて、開発ラッシュが止まらない。そのため、あちらこちらで工事が行われている。

ただ、郊外の開発はまだ先のため、平原が多い。街の中心に続く道が延びていて、その他は、ぽつんぽつんと家屋が点在するくらいだ。

そんな夜道を照らすように、魔石を利用した街灯が設置されていた。

魔石というのは、抽出した魔力を鉱石に封じ込めたもの。そうすることで魔力を貯めることができて、いつでも自由自在に引き出せる。

また、魔石を燃料とすることで様々な効果をもたらす。

火を生み出す道具、水を湧かす道具、風を生む道具……用途は様々だ。

街灯にも魔石が使われており、暗くなると自動的に輝いて暗闇を照らしてくれるため、明かりには困らない。

そんな街灯に加えて、月も出ているため、周囲はしっかりと見えた。

ユスティーナ以外の人影はゼロ。

王都でも治安は完璧というわけではないし、魔物が侵入するといった事件もたまに発生する。そのため、夜に出歩く人は少ない。

今は彼女一人だけだ。

しかしユスティーナは、他に誰かいると確信した様子で、周囲に向かい呼びかける。

「出ておいでよ」

返事はない。

それでも言葉を飛ばし続ける。

「ボクが寮にいる時から見張っていたんだよね？　気配、完全に消せていないよ。そんなのがずっとボクの後ろをついてきたら、見張っています、って自白しているようなものだよ」

「……くくくっ」

二度目の語りかけの後、不気味な笑い声が応えた。

やがて、暗闇の中から一人の男が現れる。

竜騎士学院の制服を着た男は……セドリックだった。

「どうやら僕のことに気づいていたみたいだが、それならどうして一人でこんなところに来たんだ？　もしかして、わざと誘い出されたとでも言うつもりか？　ふざけやがって……その傲慢な考えを、この僕が……」

「あー、はいはい。うだうだと前口上はいいから。どうせ、ボクにやられたことを逆恨みして襲ってやるとか仕返ししてやるとか、そんなところだよね？　なら、さっさと終わりにしてあげる」

「ぐっ、貴様……！」

セドリックは不意を突いて驚かせたつもりだったが、ユスティーナからしてみればあくまでも想定内だ。

余裕たっぷりの態度に、ますます苛立ちが募る。

しかし、焦る必要はないというように、今度はセドリックが余裕たっぷりに笑う。

「今朝の恨み、忘れてないぜ……治療は終わったけどな、まだてめえに殴られたところがうずくんだよ。竜だろうが姫だろうが、この僕に手をあげておいて、タダで済むと思うなよ？」

「……それはボクのセリフなんだよね」

ユスティーナがセドリックを睨みつけた。

一瞬、大気が震えた。

強大な圧を感じたセドリックは、一歩、後退してしまう。

「キミがアルトをいじめていたんだよね？　それ……許さないよ」

冷たく、鋭く、刃のように言い放つ。

生物の頂点の、さらに頂点に立つ神竜バハムートが怒りに震えていた。

その威圧感は相当なもので、並の人間であれば失神してしまうか、恐慌状態に陥ってしまうだろう。

しかし、セドリックは学院で上位の成績を誇る。怒れるバハムートを目の前にしても、その場に留まり、相対するだけの胆力は持ち合わせていた。

「今すぐにボクたちの前から消えて、二度と姿を現さないっていうのなら、見逃してあげるけど？」

「はっ、そんなくだらねえ話を聞くとでも？」

「だよねえ……そんな殊勝な人なら、ボクを闇討ちしようとしないよねえ……でも、ボクに勝てるつもりでいるの？　今朝、あれだけの力の差を見せつけてあげたのに」

「普通なら勝てないだろうな。てめえは竜で、しかもバハムートときた。悔しいが、てめえの力は圧倒的だ。身に染みて理解したからな。僕が勝てる相手じゃねえ」

「ふぅん。ちゃんと自分と相手の戦力差を把握できているんだ？　それなのに、どうしてこんなバカなことを考えたのかな？」

「そいつはな……コレがあるからだよ！」

セドリックは、刀身に文字が描かれた短剣を取り出して、それを地面に突き刺す。

ユスティーナを中心に光の円が形成されると、魔法陣が浮かび上がり、輝く粒子が周囲に撒き散らされる。

「これは……!?」

「竜の力を封印する結界だ。どうだ、力が出せねえだろ？」

竜は澄んだ魂を持ち、高潔な精神をその胸に抱えている。しかし、全てが清らかな存在というわけではなくて、悪に身を堕とす個体も存在する。

そういった竜を捕らえるために開発されたのが、セドリックが使用した結界だ。竜の力を大きく減衰させて、その能力に大幅な制限をかける。

一方で人に与える影響は皆無という、なかなかの優れもの。

もっとも、セドリックのように悪用する者が現れないとも限らないため、結界は厳重に保管されている。

「くっ……どこでこれを!?」

「甘く見たな。僕なら結界を持ち出すことくらい簡単なんだよ。僕の家に逆らうことの愚かさを、誰もが知っているからな！」

「つまり、これは……キミに協力した人がたくさんいる、と？」

「ああ、そうさ！　てめえのような竜を疎ましく思うヤツはたくさんいるからな」

「それは誰のこと……？」

「さてな……そいつを教えてやる義理も義務もないし、そもそも、てめえは自分の心配をした方がいいぜ」

「くっ……！」

「この僕にあんなことをしたこと、心底後悔させてやるよ。犯して犯して犯して、それから殺してやるよ」

セドリックは腰の剣を抜いた。

地面に膝をついて、動くことができないユスティーナに歩み寄る。

「力はなくても、人並みに抵抗できるだろうからな。それは面倒だ。まずは手足を切り落としてやるよ。竜だから、それくらいじゃ死なねえだろ」

「キミという人は……！」

「それじゃあ……始めるぜ！」

セドリックは嗜虐(しぎゃく)心に満ちた笑みを浮かべて、剣を振り上げる。

その時だった。

「ユスティーナ！！」

飛び出した影が彼女を背にかばい、セドリックの剣を受け止める。

その影は……アルトだ。

「アルト……？　どうして、ここに……？」

ユスティーナの不思議そうな声が聞こえた。

セドリックと対峙（たいじ）しているため、その顔は見えないが……たぶん、ぽかんとしているのだろう。

初めてユスティーナを驚かすことができた。こんな時だけど、ちょっとだけ、してやったりという気分になる。

「あんな風に突然出ていかれて、気にしないわけがないだろう。校舎に行って警備員の人に聞いてみたら、ユスティーナは来ていないって言われるし……あちこち探したんだからな」

「ボクのことは心配いらないって言ったのに……」

「さっきも言っただろ。ユスティーナは女の子なんだから、そんなことを言われても心配してしまうものなんだよ」

「アルト……えへへ、ありがとう」

ユスティーナを見つけられたものの、無事に帰れるかどうかわからない状況だ。念の為に訓練用の槍(やり)を持ち出しておいてよかった。

セドリックは一瞬驚くものの、すぐに愉悦に満ちた笑みを浮かべ、剣を押し込んでくる。

「おいおいおい、誰かと思えばエステニアじゃないか。どうして愚図がこんなところにいるんだよ、なあ、おい？　もしかして、僕の邪魔をするつもりか？　なあなあ、そんなふざけたことをするつもりなのか？」

「当たり前だ！　ユスティーナに手は出させない」

「ったく……今日一日、放置しただけでずいぶんと生意気になったなあ？　お前のような愚図の落ちこぼれが、エリートで未来を約束されているこの僕に逆らうだと？　ふざけるなよっ！！！」

セドリックの剣圧がさらに増して、押し返すことができない。

こちらの武器が訓練用だからという問題もあるが、それだけではなくて……悔しいが、俺とセドリックの間に力の差があった。

どんどん押し込まれてしまう。

「そうだ、いいことを思いついたぞ」

「なに？」

競り合いを続けながら、セドリックが楽しそうに言葉を紡ぐ。

「エステニア……お前、その生意気な竜の小娘を犯せ」

「なっ⁉」

「楽しい時間を過ごさせてやるよ。僕の言うことを聞け」

「貴様……正気か⁉」

「なんだ、バレた時のことを心配しているのか？　そんな心配はいらねえよ。僕の家をどこだと思っている？　五大貴族だぞ？　相手が竜の姫だろうがなんだろうが、証拠を隠滅するくらいわけないさ」

五大貴族というのは、王の次に力を持つと言われている、優れた力を持つ貴族のことを指す。軍事、政治、外交……などなど、特定の分野に特に秀でているのだ。

その力と権力は絶大で、俺のような小市民は、彼らが軽く息を吹いただけで吹き飛んでしまうだろう。

そんな力を持っているのだから、証拠を隠滅することは可能かもしれない。それに、セドリックの性格からして本当に実行しかねない。

「好かれているんだから、犯したって問題ないだろ？　僕っていいヤツだなあ、エステニアにいい思いをさせてやるなんて。ああ、そうそう。ヤル時は壊れるまで犯せよ。そいつが条件だ。僕はその小娘が壊れるところを、特等席で見物させてもらうぜ」

「……ふざけるなよ」

「あぁ？」

「ふざけるなと言ったんだ！！」

マグマが噴火するように、猛烈な怒りが湧き上がる。

体中の熱をぶつけるようにして、セドリックの剣を押し返していく。

「ぐっ……なんだ、この力は⁉」

「ユスティーナを傷つけるようなこと、するわけがないだろう！」

「僕に逆らうつもりか⁉　エステニアごときが！」

「逆らうさ！　お前のようなヤツの言いなりになるのは……もう、懲り懲りだ！！」

今までの弱い自分と決別する。

ありったけの勇気を振り絞り、セドリックに向けて強く言い放つ。

「ユスティーナは俺を守ってくれた。だから……今度は俺がユスティーナを守るっ！」

そう言葉にした瞬間、今までに感じたことのない不思議な力が湧いてきた。

今ならなんでもできる！

槍を反転させて、柄でセドリックの剣を打ち払う。剣を失い無防備になったセドリックを、右から左へ勢いよく薙ぎ払い、穂先を叩きつける。

「ぎゃうっ!?」

槍の穂先で脇腹を強く打つと、セドリックは虫が潰れたような悲鳴をあげて、地面に転がる。

この瞬間……俺は、この手で恐怖の象徴を討ち倒すことに成功したのだった。


「大丈夫か、ユスティーナ」

「……」

彼女のところへ駆け寄ると、彼女はぽかんとしていた。

「ユスティーナ?」

「……」

目の前で手をヒラヒラさせるが反応がない。

もしかして、結界のせいで……?

急いで地面に刺さる短剣を抜いた。光で描かれた魔法陣が消えて、ユスティーナを束縛するものがなくなる。

しかし、やはり反応がない。

「……ぽー……」

よくよく見てみると、こちらを目で追うという、軽い反応を示していた。

左に行けば左へ。

右へ行けば右へ。

頬を染めながら、目で俺を追いかけている。

「えっと……ユスティーナ？」

「ひゃん!?」

とんとんと肩を叩くと我に返ったらしく、ぴょんと跳ねた。

「どうしたんだ、ぼーっとして？　もしかして、俺が来る前に、セドリックになにかされていたのか？　一応、結界は解除したんだが……」

「う、ううん。ボクは大丈夫だよ。いや、大丈夫じゃないかも」

「どこか怪我を!?」

「うん……心をやられちゃった。ものすごい勢いで、ハートを撃ち抜かれちゃったよ……」

「心？　ハート？」

ユスティーナは自分の胸に手を当てると、今は直視できないとでもいうように、チラチラとこちらを見る。

「アルト、ものすごいタイミングで助けに来てくれるんだもん。ボク、物語のお姫さまになったような気分で……はぅ。ますますアルトのことを好きになっちゃった」

「な、なるほど」

そういう意味だから、ハートを撃ち抜かれた……か。

怪我はないようでなによりだけど、正直、どう反応していいか困るな。

「このっ……クソ共がぁ！！！」

「なっ!?」

ふらつきながらもセドリックが起き上がり、血走った目でこちらを睨(にら)みつけてきた。

まだ動くことができたのか……成績優秀者は伊達じゃないらしく、かなりタフなヤツだ。

「おいっ、もういい！　お前ら、このクソ共を殺せ！！！」

あらかじめ潜んでいたらしく、セドリックの合図で、夜の闇から次々と人が現れる。

俺たちを囲む数は、全部で12人。いずれも帯剣していて、その動きはプロのものだ。

見た目からして、傭兵(ようへい)なのかもしれない。

傭兵というのは、戦いを生業にしている者だ。己の武力を金で売り、契約者の指示通りに動く。

厄介なのは、金さえもらえばなんでもする、という者が少なからずいることだ。その中には性格がねじ曲がっていて、善悪関係なく、ただただ金のために行動する者もいる。

いざという時の保険として傭兵を雇うなんて、侮れないヤツだ。

傭兵(ようへい)たちは俺とユスティーナを取り囲むと、そのうちの一人が、再び短剣を地面に刺して結界を展開した。

「ちっ……こんなクソ共に、いざって時のために潜ませていた連中を使うことになるなんてな。僕もヤキが回ったもんだ」

「セドリック、お前……！　俺はともかく、ユスティーナにこんなことをしてタダで済むと思っているのか!?　ユスティーナは竜で、しかも、神竜バハムートなんだぞ!?」

「はっ、それがどうした！　それを言うなら、僕は五大貴族のアストハイム家の長男だ！　この僕に逆らえる者なんていないないし、楯突(たてつ)くやつがいるなら消してやるさ。殺すだけじゃなくて、社会的にも抹消してやる。それができるんだよ、僕にはな！」

ダメだコイツ、まるで話が通じない。怒りのあまり、思考回路がめちゃくちゃになっているみたいだ。

ユスティーナだけはと思い、槍(やり)を構えて背中にかばう。

「安心してくれ。ユスティーナは俺が守るから」

「……アルト……」

「絶対に、指一本触れさせないっ」

決死の覚悟で、敵を迎え撃とうとするが……

「ありがとう、アルト。えへへ。そんな風に言ってもらえると、すごくうれしいな。ますます好きになっちゃう。でもね、その必要はないよ」

「ユスティーナ？」

「だって……こんな結界でボクをどうにかできるわけないんだから」

ユスティーナが力強く大地を踏みしめた。

その体が光に包まれて……夜の闇よりも深い、漆黒の竜が降臨する。

「なっ……!?」

傭兵たちが大きく動揺して……

「ば、バカな!?　どうして竜に戻ることができる!?　結界が展開されているんだぞ！！？」

続けて、セドリックがおもしろいくらいに慌てた。あそこまで慌てていると、逆に笑えてくる。

「あの結界は竜の力を封印するもの。それは確かなもので、ちゃんと機能していたよ？でもね……ボクを普通の竜と一緒にするのはどうかなあ。こんなもの、ボクに対してはまるで意味ないよ」

「そんなバカな!?　現に、てめえは膝をついて動けなかっただろうが！」

「ああ、あれ？　そういうフリをしてただけだよ。色々と情報を聞き出すために、わざとしていたの。あと、とことん調子に乗らせて、絶頂のところで一気に反転させて絶望に叩き落とす。そうやって、心もへし折ろうとしていたかな」

は、腹黒いな……

「まあ、さっきはアルトが駆けつけてくれたことがうれしすぎて、ついついぼーっとしちゃって本気で立ち上がれなくなっちゃったけど……基本的に、なにも問題ないよ。普通の竜ならともかく、ボクにそんなものが効くと思っていたの？」

瞬間、空気が凍りついたような気がした。ユスティーナが放つ圧倒的なオーラに、傭兵たちも、セドリックも……俺も飲み込まれてしまう。誰もが言葉を出せず、震える。

そんな中で、ユスティーナは王者の気を放ち、告げる。

「竜の頂点に立つ者……神竜バハムート。その力、身をもって知るがいい」

神竜バハムートが吠えた。

ユスティーナの意思に応えるかのように、雲が渦を巻いて下降する。その勢いはどんどん増して、巨大な竜巻と化す。

竜巻はユスティーナを超えるほどに成長すると、轟音を撒き散らしながら、周囲の傭兵たちを飲み込んでいく。

傭兵たちは竜巻の中でもみくちゃにされて、空高く放り上げられた。

そして、落下。

全身を強く打ちつけて、全員、立ち上がることができない。抵抗することができず逃げることも許されず、一瞬で終わりに。

一応、手加減はしているらしく、傭兵たちは苦痛にうめいていたが、死者はいない。

「……は？」

一瞬で傭兵たちがやられたことで、セドリックがぽかんとした。すぐに顔を赤くして、苛立たしげに叫ぶ。

「てめぇら、なに寝てるんだ⁉　起きろっ！　こちとら高い金を払って、てめぇらを雇ってやったんだぞ⁉　傭兵は戦うのが仕事だろうが！」

「無理だと思うよ」

ユスティーナが淡々と告げる。

「全身の……とまではいかないけど、あちらこちらの骨を今の竜巻で砕いてやったからね。自力で動けないと思うし、そもそも立ち上がることもできないよ。治癒師を呼ぶのがオススメだね」

「バカな……！　こいつらは、正規の竜騎士に匹敵する実力を持つと言われている傭兵団なんだぞ⁉　『紅蓮（ぐれん）の牙』と呼ばれている連中で、大陸中の者が震え上がるんだぞ⁉　そんな連中をまとめて一撃なんて……」

「できるんだよね、ボクなら。その目で見たでしょ」

「ふざけんな……そんなバカなこと……」

セドリックの勢いが衰えていくが、その気持ちはわからないでもない。

竜封じの結界をものともせず、さらに気候まで操るなんて、まるで神様だ。

その絶対的な力を見せつけられて、逆らおうと考える方が難しい。

「さてと……次はキミの番だね？」

ユスティーナが一歩、前に出た。

地面が波打ち、その振動が伝わったかのように、セドリックも震えた。

「ぼ、僕に手を出すつもりか？　アストハイム家の力をなめるなよ。絶対に後悔させてやるからな……！　今回のような襲撃じゃなくて、てめぇを社会的に抹殺してやるよ！」

「ユスティーナ、俺のことはいい。セドリックに手を出すと、本当に厄介なことに……」

「アルト、心配いらないよ」

自分に任せておけ、というように、ユスティーナは自信たっぷりに答える。

「アストハイム家だっけ？　どこかで聞き覚えあるなあ、って思っていたんだけど……今、完全に思い出したよ。去年、お父さんのところに挨拶に来ていたよね」

「え……？」

「やたらヘコヘコしてて腰の低い人だったから、そんなに偉い人とは思わなかったけど……そっか。五大貴族とか呼ばれているんだ。それで、そこの家の人……つまり、キミがアルトをいじめているんだ。許せないよね……キミもまるで反省していないし、逆に家を潰してあげようか？」

「な、なにをバカな……竜ごときにそんなことが……」

「できないと思う？　ボクは竜の王女のような立場で……キミは、一介の貴族。さて、問題です。アルモートはどちらを優先するでしょう？」

「あ……う……」

アストハイム家の権力は、イヤというほど味わってきた。

そのせいで忘れていたのだけど、ユスティーナが持つ権力は負けておらず、むしろ遥か に上だ。

ここは竜と人が共存する国ではあるが、人の方が竜に依存しているところがある。竜の方から共存をやめると言われたら、間違いなくアルモートは滅んでしまう。対等に見えるが、実は竜が力を握っているのだ。

そんな竜の頂点に立つ存在にケンカを売ることはできるか？

答えは……できるわけがない、だ。

セドリックは初めて、家の権力が通用しない相手を敵にした。その相手は、一切容赦をするつもりはないらしい。人の姿に戻ると、にっこりとして……

「さあ、おしおきの時間だね♪　あっ、さすがに殺したりはしないから安心していいよ。でも……二度とふざけたことを考えないように、徹底的にやるからね。ふふっ……ふふふふふっ」

「い……いやだぁああああああぁぁぁっ！！？」

なんとも形容しがたい笑みを浮かべたユスティーナは、涙と鼻水で顔をグシャグシャにするセドリックを街道の脇に引きずっていき、そのまま闇夜に消える。

ほどなくして、なにかを殴る音と悲鳴が聞こえてくるが……とりあえず、俺は聞こえないフリをしておいた。


「ただいまー」

30分くらいして、ユスティーナが戻ってきた。

セドリックは見当たらず、彼女一人だけだ。

「えっと……セドリックは？」

「残念だけど、半殺しでやめておいたよ」

残念なのか……ユスティーナって、意外とバイオレンスだな。

「えへへー」

ユスティーナは笑みを浮かべながら、じっとこちらを見つめてきた。

どことなく褒めてほしそうだ。もしも犬のように尻尾が生えていたら、ぶんぶんと横に振っていただろう。

「えっと……ありがとな。助かったよ」

「うんっ！」

その言葉を待っていたというように、ユスティーナはとてもうれしそうな顔をした。

竜というか、わんこみたいだ。

「しかし……セドリックのことが気になるな。放置してるのか？　治癒院に連れて行かないで大丈夫か？」

「もう、アルトったら。こんな時なのに、ボクのことじゃなくて、あんなどうでもいいやつのことを気にするなんて」

「そう言われてもな……」

「でもでも、あんなやつを心配してあげるなんて、アルトは優しいね。うんうん。アルトがそういう人で、ボク、すごくうれしいよ」

「セドリックのことは欠片(かけら)も気にしてないが、死んだりしたら、さすがにユスティーナに問題が降りかかるだろうから」

「ボクのことを心配してくれているの!?　えへっ、えへへへ……アルトに心配されちゃった。きゃあきゃあ♪」

「俺が心配するのも、なんか違うというか、身の程を知らないというか……無意味かもしれないけどな」

「そんなことないよ！　ボク、すごくうれしいよ」

ウソではないと証明するように、ユスティーナの頬は朱色に染まっている。

「あいつのことなら心配いらないよ。他の連中と一緒に、そこらに転がしておいたから。全力で泣いて懇願されたから、アイツの家にも連絡してあげたよ。たぶん、もう少ししたら迎えが来るんじゃないかな？」

「そっか。なら、いいか……って、あ、あれ？」

ふと、足から力が抜けていく。

立っていることができず、その場に座り込んでしまう。

「どうしたの、アルト!?　大丈夫!?」

「あー、いや……なんていうか……色々と安心したら、急に体の力が抜けて」

もうセドリックに怯える必要はない。地獄のような日々は終わりを迎えて、明日からは普通の生活を送ることができる。

今更、クラスにうまく溶け込めるかどうかの不安は残るが、今までと比べれば数千倍マシだろう。そういう風に考えたら、体も心も軽くなって、一気に気が抜けてしまった。

そんな俺の気持ちを察したらしく、ユスティーナは女神のように優しい顔になる。そのまま、最初に会った時と同じように、俺のことを胸に抱きしめる。

「がんばったね、アルト。すごいと思うよ。えらい、えらい」

「……なんか、子供扱いしてないか？」

「そんなことないよ。ボクはアルトのこと、本当にすごいと思っているよ」

「そっか」

なんというか……こそばゆい。

正体は竜なのだけど、普段はかわいい女の子だから、なんとも照れくさい気分になる。

ただ、それも悪くないと感じていて……なかなかに複雑だ。

「どうしたの、アルト？」

「……いや、なにも」

「そっか」

「その……もうちょっと、このままでいいか？」

「アルトが望むのならいくらでも」

ついつい流されてしまい、ユスティーナの温もりをいっぱいに感じるのだった。

ユスティーナと一緒に夜の空の下を歩く。

すぐ寮に帰るのはもったいない気がして、夜の散歩をするため、少し遠回りしていた。

「ありがとう」

「え？」

なんのことか理解していない様子で、ユスティーナがきょとんとした。

「セドリックのことだよ。完全に頼り切りになってもうしわけないし、男として情けなくもあるが……おかげで、ヤツから解放された。ありがとう」

「どういたしまして……って言いたいところだけど、ボクは大したことしてないよ」

「そんなことないだろ。ユスティーナがいなかったら、俺は、セドリックに奴隷のような扱いをずっとされていたと思う」

「んー……ボクは、ホントに大したことはしていないよ？ アルトの背中をちょこんと押しただけ」

手を軽く前にやり、ユスティーナは背中を押す仕草をしてみせた。

「アルトは強いよ」

「いや、弱いさ。大した力は持っていない」

「そうじゃなくて、心の強さのこと」

ユスティーナは立ち止まると、俺の手を包み込むようにして、自身の温もりを伝えてくる。

どうしてだろう？ ドキドキするよりも先に、すごく安心することができた。

「アルトは強いよ。ボクのことを助けに来てくれた。セドリックと戦った。本当に弱い人だったら、そんなことはできないよ」

「それは……」

「遅かれ早かれ、アルトは自分で現状を打破していたと思うよ。ボクは、たまたま現状を打破する前にやってきて、ちょこんとその背中を押したの。ただ、それだけ」

「そんなことは……」

「何度でも言うよ？　アルトは強いよ。わかりやすく言うと、悪に打ち勝つ強い心を持っている。他の人はなかなか得ることができない、強い力だよ」

ユスティーナにそう言われると、安直かもしれないが、そうなのかもと思う。

でも……ほんの少しではあるが、自信を持つことができた。

いじめられていたとしても、その時間は無駄にはならない、って……

これから前を向いていけばいい、って……

そう思い、歩いていくことができそうだ。

「ただ……やっぱり、ユスティーナに助けてもらったことが大きいな。ユスティーナがいなかったら、俺は変わっていないと思うから……ありがとう」

「もう。話が堂々巡りだよ」

「悪い。でも、この結論だけは変えられそうにない」

「アルトの頑固者。でも……そういうところがアルトらしいのかもね。うん。ボクが好きになったアルトは、やっぱり格好いいよ♪」

「……」

「ふふっ、照れた？」

「わかっているのなら、好きとか言わないでくれ……」

「それは聞けないよー。ボクはアルトに振り向いてもらうために、たくさんアピールしないといけないんだから」

「ははっ……それは大変だな」

「他人事みたいに言わないでよー」

ユスティーナが膨れて、続けて笑い……俺も笑う。

「それにしても……ふぅうう、よかったぁ」

ふと、ユスティーナが大きな吐息をこぼした。緊張が解けたような感じで、どことなくぐったりとしていた。

「どうしたんだ？」

「ボク、アルトの迷惑になってないかなー、って内心ではヒヤヒヤしてて……でもでも、そんなことはなさそうだから安心して……今更になって、色々な感情がドッと押し寄せてきた感じかな」

「なんで、迷惑とかそういう話になるんだ？」

「いやー、そのー……かなり強引に押しかけているし？　全校生徒の前で告白とか、下手したらアルトに迷惑をかけていたし？　あの男のこととか、それなりに暴れちゃったし？　冷静になって考えると、怒らせる要素満載かなー……なんて」

こちらの感情をうかがうように、ユスティーナはチラチラと視線をよこした。

大胆不敵で王者の風格を漂わせる時もあれば、いたずらをした犬のような反応を見せたり、色々な顔を持つ子だ。だからこそ彼女は魅力的で、その笑顔に惹かれてしまうのだろう。その優しい心に癒やされてしまうのだろう。

この感情がどういうものなのか、まだ断定することはできないけれど、これからもユスティーナと一緒にいたいと思った。

「俺はなにも気にしていない。むしろ、何度も言っているけれど、感謝しかないさ」

「うん。みたいだね。よかったよー」

「なあ、ユスティーナ」

そっと手を差し出した。

それを見て、ユスティーナがきょとんとする。

「これは？」

「なんていうかな……これからよろしく、の握手？」

「なにそれ？」

くすり、とユスティーナが笑う。

笑われても仕方ないか。俺も、自分でなにを言っているかよくわかっていない。

「昼休み、話したことをまたという感じなのだけど……俺は、ユスティーナの隣にいたいと思うよ。俺たちの関係がどうなるか、それはわからないけど……今は、一緒の道を歩いていきたいと思う」

「……アルト……」

「だから、改めてこうしたかったんだ」

ユスティーナは、感動するように瞳を潤ませた。

次の瞬間、太陽のような明るい笑みを浮かべて、俺の手を握り返す。

「ありがとう、アルト。ボク、アルトと出会ってよかった。アルトを好きになってよかった。ボクたちの関係はどうなるか、それはわからないけど……でも、この気持ちは、未来永劫(えいごう)ずっと変わらないよ」

「俺もだ」

「改めて……これからよろしくね！」

しっかりと手を握りながら、ユスティーナは、今日一番の笑顔を見せるのだった。

4章　強くなりたいと願うからこそ

朝。

目が覚めると……

「じー」

「……うぉ!?」

目の前にユスティーナの顔があり、驚いて大きな声を出してしまう。

桜色の唇がすぐ近くにあって、温かい吐息がそっと触れる。ユスティーナの頬は白く、餅のように柔らかそうだ。ほんのりと潤む瞳はこちらをじっと見つめていて、親愛の情を感じた。

「な、なにをしているんだ……?」

「アルトの寝顔を見ていたんだ。ふふっ、かわいい寝顔をしているね」

「かわいいとか、やめてくれ……」

「褒め言葉なんだけどなー」

男なので、かわいいと言われても微妙な気分になる。

「まあいいや。ごはん、できているよ」

よくよく見てみると、ユスティーナはすでに制服に着替えていて、その上にエプロンをつけていた。

部屋の中央にあるテーブルを見ると、朝食が用意されている。

こんがりときつね色に焼かれたトーストと果物のジャム。熱々の湯気がたつスープ。それと、色鮮やかなフルーツが盛り付けられたサラダ。

「これ、ユスティーナが？」

「うん。パンとジャムのセット。ほんとは一から作りたいけど、そんな時間も設備もないから、これで我慢してくれたらうれしいな。後はスープとフルーツサラダ。それと昨日の残りと、おいしい水！　魔道具で作った氷を使っているから、キンキンに冷えているよ」

「すごいな……朝からこんなに贅沢な料理が食べられるなんて」

「贅沢、って言うほどかな？　アルト、普段はどんなごはんを食べていたの？」

「パン一枚と牛乳かな？　ジャムはなしだ」

「うわー……それ、手を抜きすぎだよ」

「朝は眠いから、どうしても手を抜いてしまうんだ」

「もうっ、そういうのはダメなんだからね？　一日の始まりは朝食にあるんだから、しっかりといいものを食べないと！　でも、心配はいらないよ。これからは、ボクが毎日、ごはんを作ってあげるからね」

「いや、毎日は悪い。当番にしよう」

「えー、でも、ボクは手料理をアルトに食べてほしいんだけど……あ、でもでも、アルトの手料理もいいなあ。ものすごく食べてみたい」

そんな会話をしながら、俺も制服に着替えた。それから、あれこれと話をしつつ、朝食を食べる。

その会話の中で、料理は基本的にユスティーナの担当に決まり、俺は週一で担当することに。公平に割り振りたかったのだけど、ユスティーナが頑として譲ってくれない。

頑固だったり、かと思えば甘えんぼうだったり、ホント、おもしろい子だ。

「「ごちそうさまでした」」

食事が終わり、登校の準備をする。

教科書とノートを鞄に入れて、財布をポケットに入れて準備完了だ。

「ユスティーナ、行こう」

「うーん、うーん」

「どうしたんだ？」

「いってらっしゃい、って見送りたいんだけど、そうしたらアルトと一緒に登校できないよね。それはやだなあ、って」

「……行かないなら置いていくぞ？」

「あっ、まってまって！　もう、アルトは意地悪だなあ」

よくわからないことで悩むユスティーナの方に問題があると思う。

結局、お見送りは諦めることにしたらしく、ユスティーナは俺と一緒に外へ出た。

10分ほどの距離を並んで歩く。

「えへへ～♪」

ユスティーナはなにやらご機嫌な様子で、にこにこ笑顔で鼻歌を歌っている。

「どうしたんだ？」

「アルトと一緒に登校できるのがうれしくて。これ、すっごく青春っぽいよね！」

「そう……か？」

人間くさいというか、やけに俗っぽいところに憧れているんだな。

竜だからこそ……なのだろうか？

「あの子は……ホントに竜なのか？　改めて見てみると、普通の女の子だよな。しかも、かわいい」

「見た目に騙されない方がいいぞ。アストハイム家の長男、いるだろ？　昨日、アイツをマウントポジションで圧倒したって聞いたぞ」

「仲間の竜で囲んだ、とも聞いているわ。アストハイム家にケンカ売るなんて、平気なのかしら……？」

「たぶん、大丈夫なんじゃないか？　学院も話は聞いてるけど、放置の方向らしいぜ。竜を敵に回す方が怖いだろ」

周囲の生徒たちがユスティーナに気がついて、ひそひそと噂話を始めた。その多くが、セドリックに関することだ。

昨夜の私闘は、さすがに知られていないらしい。ただ、それ以前の必殺デコピン事件のことは隠しようがなくて、すでに学院中に広まっている。

「あはは、みんな噂好きだねえ」

「あはは……って、気にしないのか？　好き勝手言われているんだぞ？」

「んー……別に？　ボクは、アルトのことしか気にならないから。アルトがボクのことを見てくれていれば、他になにもいらないよ」

ユスティーナのまっすぐな好意はうれしいけれど、これじゃあ、俺の方がモヤモヤしてしまう。

「みんなっ、聞いてくれ！」

立ち止まり、周囲の生徒たちに呼びかけた。

みんながぎょっとする中、ユスティーナの行動に問題がないことを訴える。

強引なところはあり、問題がないとは言い切れないが……でも、噂のようにマウントポジションをとったり複数で囲んだりなんてしていない。

そのことを強く強く主張する。

「……というわけだから、根拠のない噂に惑わされないでくれないか？　頼む」

最後に頭を下げた。

俺の言いたいことを理解してくれたのか、周囲の生徒たちはそそくさとこの場を立ち去る。

「ひとまず、わかってくれた……みたいだな。ふう……とりあえず、今はなんとかなったか」

「……アルト……」

「うん？」

「アルト！」

「おわっ⁉」

いきなりユスティーナに抱きつかれた。

そのまま頬ずりまでされる。

「な、なんだ⁉」

「ボクのためにそこまでしてくれるなんて……ボク、すっごくうれしいよ！」

ユスティーナは、いつも全身で喜びを表現するな。なんとなく、犬にじゃれつかれている気分だ。

「ねえねえ、アルト」

ユスティーナは歩きを再開すると、肩を並べつつ、こちらをじっと見つめる。

「なにかボクにしてほしいことはない？」

「え？　どういう意味だ？」

「ボク、もっともっとアルトの役に立ちたいの。あのいじめっ子のように、アルトが困っていたら、ボクがなんとかしてあげたいの。だから……なにか困っていることはない？　ボクが解決してあげるよ」

「と、言われてもな……」

問題は、あるといえばある。

セドリックの件は解決されたものの、ヤツの取り巻き連中がいる。彼らに絡まれる可能性は高いし、そのことで、今までと同じように教師が見て見ぬ振りをするかもしれない。

ただ、再びユスティーナの力を借りたいかと問われると、答えはノーだ。

今までたくさん頼りにしておいてなんだけど、できることなら、これ以上彼女の力を借りたくない。

男としてのプライドもあるが、なによりも、また危険なことに巻き込んでしまうかもしれず……

ユスティーナは竜だけど、それ以前に女の子なのだ。できる限り、彼女を巻き込むような事態は避けて、自分の手で問題を解決できるようになりたい。

「……困っていることというか、悩んでいることはあるんだ」

「なになに？　ボクに教えて！　アルトのためなら、なんでもするよ」

「その前に聞きたいんだけど、ユスティーナは人にものを教えるのは得意か？」

「うーん……内容によるかな？　実のところ、料理とかの家事はまだ練習中なんだよね。だから、人様に教えることはできないかも」

あれだけのものを作ることができて、まだ練習中なのか。将来、ユスティーナの料理の腕はとんでもないことになりそうだ。

「ただ、戦闘関連なら得意だよ。ボク、こんなでも王女だからね。ウチってけっこう武闘派っていうか、自分で自分の身を守れるように稽古をつけられてきたんだ」

「それだ！」

「ふぇ⁉」

今望むワードを耳にして、興奮気味にユスティーナの肩を掴（つか）んでしまう。

「俺にも稽古をつけてくれないか？　ユスティーナなら、できるだろう？」

「えと、えと……そ、その前に……ちょっと恥ずかしいかな」

「……あっ⁉　わ、悪い」

慌ててユスティーナから離れる。

勢いづいてしまい、思いきり接近してしまった。

「ま、まあ、いいんだけどね。積極的なアルトも、それはそれでキュンってくるし」

「えっと……とにかく。稽古をつけてほしいんだ」

「それはどうして？」

「強くなりたいんだ」

俺は竜騎士になりたい。

英雄に憧れている。

そのきっかけは色々とあるのだけど、その中の一つが、とある伝承だ。

この世界にはかつて、魔王と呼ばれる生きとし生けるものの天敵が存在した。

魔王の正体は、国を追放された魔法使いとか。人の怨念のなれの果てとか。竜が悪しき心に染まった結果とか。

色々なことが言われているが、正体は明らかにされていない。ただ、天変地異を引き起こすほどの力を持ち、世界を滅ぼすことができたと言われている。

その絶大な力をもって、魔王は世界を征服しようとした。

この危機に立ち上がったのが、一人の騎士と竜だ。

騎士と竜は戦の先陣に立ち、魔王を相手に激戦を繰り広げた。その姿に多くの人々が励まされ、竜の仲間も感化されて、次々と参戦を決意したという。

　そして……

　騎士と竜は魔王を討つことに成功した。竜と力を合わせたことで、その騎士は『竜騎士』と呼ばれるように。

　この国の成り立ちに似ている話だ。

　いつか、俺も伝承に出てくるような竜騎士になりたい。力をつけて、人々のために戦いたい。そのために……もっともっと強くならなければ。

「ユスティーナの想いにどう応えるか、それはわからないが……ただ、最低限、返事をする前に、ユスティーナの隣に立つのにふさわしい力を持ちたい。今のままだと、ユスティーナに甘えることしかできない」

「ボクは気にしないよ？　むしろ、存分に甘えてほしいな」

「それじゃあ、さすがに男として情けないだろ？　それに、ユスティーナとは対等の関係でいたいから……だから、俺を鍛えてくれないか？」

「うーん」

　迷うような声がこぼれる。

　ユスティーナは男を甘やかしてしまうというか、甘やかしたいというか、そんなところがあるため迷ってしまうのだろう。ただ、心配はしていない。なんだかんだで、相手の意思を尊重してくれるところがあるからな。

「うん、わかったよ。アルトがそう言うのなら、稽古をつけてあげるね」

「ありがとう。助かるよ」

「でも、ボクの稽古は厳しいからね？　ビシバシいくよ！」

「ああ、望むところだ」

こうして俺は、ユスティーナに稽古をつけてもらうことになった。


1限目の授業は体育だ。

体育は実技と違い、戦う術(すべ)を学ぶものではなくて、基礎体力や反射神経などの向上が目的だ。言うなれば、身体能力の訓練……というところか。

今日の授業内容は持久走で、広大な学院の敷地の周りをぐるぐると走る。

何周以上というノルマはなくて、一定の速度以下になることは厳禁……といった制限もない。

ただ、時間内はずっと走り続けなければいけない。

一回の授業は60分なので、準備運動などの時間を除いた55分、走り続ける必要がある。

しかも時計を見ることは禁じられているため、残り時間がわからない中での持久走になる。いつ終わるかわからない不安と戦うことになるため、肉体的にも精神的にもきつい。

だからこそ、鍛えられるのだろう。

「おいおい、エステニア。まだこんなところを走ってるのかよ。周回遅れだぞ」

「本気で走ってるのか？　まるで亀じゃねえか」

体育は他のクラスと合同で行われる。こちらを知る生徒たちが俺を次々と抜き去り、その際、揶揄（やゆ）するような言葉をぶつけてきた。

セドリックが消えても、俺の立ち位置はあまり変わらない。いじめとまではいかないものの、からかわれたりバカにされることは日常茶飯事だ。

ユスティーナのおかげなのか、クラスメイトは深く関わらずのスタンスだ。ただ他のクラスの連中は危害が加えられないと思っているらしく、その態度は今までと変わらない。

「むぅううっ！」

「やべ……！」

隣を走るユスティーナが睨（にら）みつけると、慌てた様子で逃げ出した。

その後ろ姿を見て、ユスティーナは不機嫌そうに吐息をこぼす。

「まったくもう。ボクのアルトをバカにするなんて……焼き払おうかな」

「ボソリと言わないでくれ……はぁっ、はぁっ……本気みたいで、怖いぞ……ふぅっ」

「え？　本気だけど？」

「なおさら……はぁっ、はぁっ……やめてくれ」

全身を汗だくにして、息を切らしながらヨロヨロと走る。ユスティーナはそんな俺に付き合ってくれているが、涼しい顔をしていて汗一つかいていない。

「さすがに……ふぅっ……ユスティーナはすごいな。とんでもない体力だ」

「ううん、ボクは大したことないよ。それよりも、すごいのはアルトだよ。竜の枷で縛られている状態なのに、普通に動くことができるなんて……そんな人、なかなかいないよ？」

稽古をつけてほしいと頼んだ結果、竜の枷というものを与えられた。竜の間に伝わる特殊な技法で、受ける重力を数倍にできるというとんでもない代物だ。

その竜の枷で、今の重力は2倍に。手足が重く体は鉛みたいに感じて、自由に動かすことができない。もう限界だと、体のあちらこちらが悲鳴をあげている。

でも、やめない。

竜の枷を解除することなく、必死に走り続ける。

強くなるために。ユスティーナの隣に立つ資格を得るために。

今はただ、ひたすらに鍛えるだけだ。

そんな俺のことを、ユスティーナは応援してくれる。

「がんばって、アルト！　ボクが隣にいるからね」

「ああ……頼む。ユスティーナと一緒なら……はぁっ、ふぅっ……がんばることができそうだ！」

ユスティーナの声援を受ける度に心が奮い立ち、体が元気を取り戻していく。

重力2倍という状況で、俺は55分、リタイアすることなくずっと走り続けた。

2限目は実技だ。

それぞれの得意な武器を使い、二人組で模擬戦を行う。

俺の武器は、攻守共に使い勝手がいい槍(やり)だ。対するユスティーナは素手。人間用の武器なんて竜には使い勝手が悪い、とのことだった。

ちなみに、ユスティーナは当たり前のように俺と組んでいる。俺としても、ユスティーナが相手ならとてもいい訓練になると思うので、正直助かる。

「さあ、どこからでもいいよ！」

ユスティーナが構える。

俺も構える。

わずかな睨(にら)み合いの後……

「はっ！」

一歩踏み込み、槍を突き出した。

しかし、竜の枷のせいで思うように動けない。おまけに持久走を終えた後なので、体力がまるで残っていない。

まともに突きを放つことができず、ヘロヘロとした情けない動きに。

そんなへっぽこな俺を見たユスティーナは……

「わぁっ、すごいね、アルト！」

なぜか感心していた。

「なんで感心するんだ……？」

「だってだって、あれだけの運動をした後なのに、ちゃんと槍を突くことができるなんて……なかなか、とんでもないことだと思うよ」

「でも、どうしようもない、へろへろの突きだぞ」

「普通の人なら、槍を突くこともできないよ。忘れたの？　アルトは今、2倍の重力がかかっているんだよ。おまけに、そんな状態で持久走をした後なんだよ。槍を突くだけでもすごいと思うよ。うん、本当にすごいよ」

すごいと言われても、へろへろの動きしかできていないため実感が湧かない。

「アルトって、体力は人一倍……ううん、常識はずれに多いよね。どうして？」

「そうなのか？　自覚はないが……」

「すごい体力だと思うよ。普通の人なら、竜の枷をかけられたら10分でリタイアしちゃうもん。それなのに、アルトは未だにリタイアしないで、しかも、動き続けている。これって、相当にすごいことだよ」

「そうなのか……？」

英雄になることを夢見て、小さい頃から訓練は欠かさなかった。

学院に入学してからは、セドリックにコキ使われるなどして、毎日体を酷使していた。

結果的に、思わぬところで体力が増えていたのかもしれない。

「うーん……！　なんか、アルトがすごいから、ボクもやる気が出てきたかも！　よしっ、ビシバシいくよー！」

「ああ、とことん頼む」

「……あれ？　こういう時は、勘弁してくれ、っていう反応が普通じゃない？」

「俺の方から鍛えてほしい、って申し出たんだ。そんな失礼なことはしない。それに、強くなるためならなんでもするさ」

「さすがアルト、ボクが見込んだ通りの人だね。それじゃあ、続けるよ！」

時間いっぱい、ユスティーナと模擬戦を続けた。


3限目は座学だ。

竜騎士を育成する学院ではあるが、知識も学ぶ必要がある。知識がなければ、力を正しく使うことができないのだから。

　そのため、実技と座学の両方が行われている。

「この時の事件がきっかけとなり、人と竜が共に戦う……つまり、竜騎士という存在が初めて誕生しました。後にこの事件のことを……」

　壇上で先生が歴史について語る。

「おー……ほうほう……ふんふん」

　隣の席のユスティーナは、歴史に興味があるらしく、真面目に授業を受けていた。先生の話を興味深そうに聞いて、しきりに頷(うなず)いては、ちょこちょことノートにペンを走らせている。

　アルモートは竜と共に暮らす国ではあるが、相手のことを完全に理解しているかというと、そうではない。種族の壁はどうしても存在するし、相手を理解しきれていない部分がある。

　人は竜のことを完全に知らないし、その逆で、竜も人のことを完全に知らない。生態系など簡単なことなら知っているが、歴史など深い部分に踏み込むとわからないことが多い。そのため、ユスティーナにとって人の歴史は興味深いものらしい。とても満足した様子で座学を受けていた。

「しかし……これはまた、辛(つら)いな」

今も竜の枷は続いている。

座学なので体への負担は少ないが、ペンを握る指に対する圧が半端ない。まるで、一本一本の指に重りをつけているかのようで、常に力を入れておかないといけない。

ちょっとでも力を抜くと、ペンを落としてしまいそうだ。

「……アルト、大丈夫？」

いつの間にか、ユスティーナがこちらを見ていた。楽しく授業を受けていたが、それよりも俺のことが気になるらしい。

心配そうな顔をしているので、俺は笑ってみせた。

「ああ、問題ない」

「でもでも、ホントは大変だよね？　講義の間くらい、枷は解除しようか？」

「いや。このまま続けてほしい」

「でも……」

「24時間、ずっと枷をかけた方が強くなるんだろ？」

「うん、そうだね」

「なら、このままで頼む。正直に言うと辛いが……でも、やってみせるさ」

「ふふっ、アルトは男の子だね」

時折、母性たっぷりの視線を向けられるのだけど……同い年だよな？

たまに、歳が離れているのでは？　と勘違いしそうになるほど、優しく慈愛に満ちた顔になるんだよな。

「がんばってね、アルト」

「ああ」

固い決意を宿した俺は、竜の枷に耐えながら授業を受けた。

ユスティーナの期待に応えるためにも、絶対に強くなってみせる。

「アルト、ごはん食べよ♪」

昼休みになると、そう誘われた。

クラスメイトたちはユスティーナに声をかけようとしていたが、俺が同行すると知り、退いてしまう。

いじめられてはいないが、腫れ物扱いは未だ変わらない。大半のクラスメイトが、どう接していいかわからない様子で距離を置いている。

今に始まったことではないので、今更気にしない。

この事態の元凶であるセドリックは、今日は欠席している。ユスティーナ曰く、そのまま退学するだろう、とのことだ。あんな目に遭えばそうなるか……と、1割くらいは同情した。残り9割の感情は、ざまあみろ、というものになるが。

「ああ、食べようか」

ユスティーナの誘いを断るはずもなく、席を立つ。

一緒に教室を出て、廊下を歩きながら昼食について考える。

「今日もサンドイッチを買うか？　それとも、学食で食べてみるか？」

「屋上に行こう」

「ってことは、購買でサンドイッチか？」

「それについては、ちょっとした考えがあるんだ。ほらほら、早く」

「お、おいっ」

やけにうれしそうな顔をしたユスティーナに手を引かれて、屋上へ。なんとなく……今の彼女は、ドッキリを企んでいる子供のように見えた。


屋上に出ると、まぶしい光が降り注ぐ。

反射的に空を見ると、雲がほとんどないくらいの快晴。

太陽はたくさんがんばっていて、やや暑いくらいで、夏が近いことをうかがわせる。

強い陽を避けるために、俺たちは日陰に移動した。

「それで、ちょっとした考えっていうのは？」

「ふっふっふ……じゃーん！」

もったいぶるような仕草とともにユスティーナが取り出したものは……

「弁当？」

「うんっ。アルトに食べてほしくて、こっそり作ってきたんだ！」

「おぉ……」

ついつい感動的な声をこぼしてしまう。

女の子の手作り弁当、それは男なら誰もが憧れるものだ。

それに、ユスティーナの料理の腕は証明済みなので、ものすごく期待できる。

「食べてもいいのか？」

「もちろん。というか、アルトのために作ってきたんだから、食べてくれないと逆に困るよ。あと、寂しいかも」

「ありがとう」

弁当の入ったバスケットを受け取り、膝の上で開いた。

サンドイッチが綺麗に並べられていた。ハムと野菜、茹(ゆ)でた卵、タレをたっぷりとつけた肉……などなど具だくさんだ。さらに、綺麗にカットされた果物もセットで、いたれりつくせりだ。

「おいしそうだな」

「ホント!? えへへ、アルトにそう言ってもらえるとうれしいな。でもでも、実際に食べるまではちょっと不安かも……」

「さっそく、食べてもいいか？」

「うん、もちろん！」

「ユスティーナも一緒に食べよう」

「うん！」

ユスティーナも自分の分の弁当を膝の上に広げた。

「「いただきます」」

声を揃えた後、さっそくサンドイッチを食べる。

「これは……」

これでもかというくらい、たくさんの野菜がパンに挟まれている。どのような手品を使っているのか、野菜はみずみずしく、鮮度はバッチリだ。

シャキシャキのレタスに甘いトマト。ハムときゅうり。

それらをまとめる、ピリ辛のソースが食欲を増進して……

「ど、どうかな……？」

「うん、うまい。すごくうまいよ」

「よかったぁ……お弁当なんて久しぶりだから、すごく緊張したよ」

「ユスティーナの腕なら心配いらないだろ」

「そんなことないよ。そりゃまあ、ちょっとは自信あったけどね？　でもでも、好きな人が相手だと、ものすごく緊張しちゃうんだよ。まずいって言われたらどうしようとか残されたらどうしようとか、あれこれ考えちゃうの」

「大丈夫だ。ユスティーナが作ってくれたものを残すなんて、そんなもったいないことはしない」

「はぅ」

　ユスティーナの顔が赤くなる。

　太陽のせいなんてことはなくて、単純に照れたのだろう。

　いつもグイグイと来るのだけど、こうして初心（うぶ）なところを見せる時もある。そういうところがとても新鮮で、一緒にいてぜんぜん飽きない。

「あ、そうだ。ごはんを食べたら、これを飲んでおいて」

　携帯用の水袋を渡された。指を広げたのと同じくらいのサイズで、動物の皮などを加工して作られたものだ。

　蓋を開けてみると、ほのかに甘い柑橘（かんきつ）系の匂いが漂う。

「これは？」

「竜に伝わる秘伝の栄養ドリンクだよ」

「秘伝？」

「体の疲労を癒やしてくれるのと、成長を促してくれるのと、二つの効果があるの。人が作る薬とかポーションとは大違いで、その効果はバッチリだよ」

ポーションというのは、薬草やハーブなどを加工して作られる生薬……あるいは、栄養剤だ。その質はピンからキリで、色々なものが流通している。

「へえ、そんなものが」

「これがないと、さすがのアルトも厳しいと思うよ。先に飲んでおくことで後で効果が出るから、今のうちに飲んでおいて。これを飲んでおけば、筋肉痛も怖くないし、ものすごく成長できるよ」

「ありがとう、いただくよ」

弁当をしっかりと味わい完食した後、特製ドリンクをいただく。

「ん？　これは……」

妙な味だ。

まずいわけではないが……柑橘系の匂いがするのだけど、水のように無味だ。

それに、ザラザラするというか……なにが入っているのだろう？

「これ、材料はなんなんだ？」

「えっとね……」

ユスティーナは、滋養強壮などの効果がある薬草の名前を30種類くらい挙げて……

「後は、竜の角と血かな」

「ごほっ⁉」

突然、生々しい材料が挙げられて、思わず噴き出しそうになった。

なんとか我慢して、問い返す。

「角と血、って……」

「……うん、ボクのものを入れておいたよ」

ユスティーナは、ちょっと気まずそうに目を逸らしていた。

「やっぱり、引いちゃうかな？　そこまでするなんて、普通じゃないよね……でも、ボク、アルトの力になりたくて、休み時間を使って急いで作ったんだけど……」

「いや、引くとかそんなことはない。ちょっと驚いただけだ」

ユスティーナが俺のために作ってくれたものだ。

気持ち悪いとか、そんなことは思わないが……

「大丈夫なのか？　角と血を使うなんて……」

「ボクの心配をしてくれているんだ……ありがと。でも、大丈夫だよ。角は少し削る程度だし、血も貧血にならない程度の量だから」

「そっか……それならよかった」

「こうすることで、疲労回復や成長促進だけじゃなくて、竜の力を取り込むことができるんだ。適性があるから、１００％うまく取り込めるかどうか、それはわからないけど……

でも、うん。アルトならきっと大丈夫！」

いつものように、ユスティーナは明るくにっこりと笑う。

その笑顔からは、俺は絶対に強くなれるという、強い信頼がうかがえた。

どうしてユスティーナは、出会ったばかりの俺のことを、ここまで信頼できるのだろう？　一目惚れだから？　それとも、特に意味はない？

気になり、そのことを尋ねてみると……

「うーん……なんていうか、言葉にしづらいんだけど、竜としての直感かな？」

まさかの勘だった。

「ユスティーナって、物事を考えてるようで考えてないよな」

「むぅー、バカにしてる？」

「いや……すまん」

「認められた!?」

拗ねるユスティーナをなんとかなだめる。

「竜の直感をバカにしたらいけないよ。自慢じゃないけど、竜は色々な感覚に優れているんだからね。野生の勘とか霊感とか、かなりすごいんだから」

「それは、まあ」

「ボクはまだ15年しか生きてないけど……それでも、わかるんだ。ボクの勘と心が告げているんだ。アルトは、絶対にすごい竜騎士になる、って。そして、ボクと一緒に大空を翔(かけ)るんだ、って」

「ユスティーナを騎竜にすることは決定なのか……」

「なにさー、イヤなの？」

「そんなことはない。ただ、俺なんかじゃあふさわしくないような気がしたんだ」

「またそういうことを言う」

「すまない。今までの俺がこんな感じだから、急に変えることは難しいんだ。ただ……」

ユスティーナをまっすぐに見る。

「ユスティーナの言葉を信じて、できることをやり、がんばり続けたいと思う」

「うんっ、それでこそアルトだよ！」

ユスティーナがにっこりと笑う。

この笑顔に応えられるようにならないといけないな。

その後もユスティーナの特訓は続いた。

といっても、内容は初日と変わらない。竜の枷(かせ)をつけて、合間に、特製の栄養ドリンクを飲む。それの繰り返し。

言葉にすると簡単だが、実際はかなり辛い。起きている時も寝ている時も、どんな時も重力が2倍なので、体への負担が半端ない。

ユスティーナの栄養ドリンクがあるとはいえ、最初の頃は全身筋肉痛に。スムーズに動くことができず、転ぶなどして生傷も絶えない。

しかし、時間が経つにつれて慣れていき……ある程度の日々が過ぎた頃には、今までと変わらない調子で動けるようになった。

いつの間にか体が慣れて、筋肉痛も消えた。ユスティーナ曰く、重力2倍という状況が問題にならないくらい、体が鍛えられたのだという。

正直なところ、鍛えられたという実感はない。それでも、ユスティーナを信じて特訓に励み続けた。

……そして、2週間が過ぎた。

5章　修行の成果

「おはよ、アルト♪」

「おはよう、ユスティーナ」

今日もユスティーナの笑顔で一日が始まる。

彼女が作ってくれたごはんを食べて、準備をして、一緒に校舎へ。

その間も竜の枷（かせ）はつけているが、最近はすっかり慣れた。問題なく体を動かすことができるし、負担を感じることはほぼない。

「あれ？」

校舎に向かう途中、隣を歩くユスティーナが俺の顔を見て、不思議そうに小首を傾げた。

「アルト、なんだか緊張してる？」

「よくわかったな」

「大好きな人のことだもん」

同じ部屋で暮らしているからなのか、ユスティーナの観察眼が増したような気がする。

いつもこちらを見ていて……気がつけば、じーっと強い視線を感じるんだよな。

こんな平凡な顔を見て、なにがおもしろいのだろうか？　女の子のことはよくわからない。

「今日は試験があるからな。それで緊張しているんだ」

1ヶ月に1回、生徒の能力を測るために筆記試験と実技試験が行われる。

試験は今日で2回目。

前回の俺の成績は……それはもう悲惨なものだ。

セドリックにいじめられていたため、試験に集中できるはずもなく、学年最下位という成績を叩き出した。

成績が悪くてもペナルティはなくて、もっとがんばりなさいという、教師からの小言があるくらいだ。

ただ、最下位で納得できるわけがないし、より良い成績を残したいと思う。

それにユスティーナに鍛えてもらったから、座学はともかく、実技試験は良い成績を残したい。彼女にいいところを見せたい、という思いがある。

「へえ、試験なんてものがあるんだ」

ユスティーナは遅れて入学したせいか、1回目の試験を受けていない。そのせいなのか、試験の存在を知らないらしい。

とはいえ、試験当日までなにも知らなかった、というのはやや問題がある気はするが。

「そんなことをして、どうするの？」

「日頃の成果を試す場……という感じだな。後は、成績をハッキリと示すことで競争心を煽（あお）ることも目的にあるだろうな」

「ふむふむ。人間にしては、なかなか効率的な方法だね。悪くないと思うよ」

「ユスティーナも試験を受けるんだぞ。大丈夫なのか？」

「んー、座学はちょっと不安かな？　人の歴史とかはおもしろいけど、言語とか計算とかはあまり興味なくて、それほど真面目に勉強していなかったんだよね」

「竜の姫さまなんだから、悪い点をとるとまずいんじゃないのか？」

「あー……それはあるかも。下手したら、お父さんとお母さんに叱られちゃうなあ。学生としてちゃんとがんばる、ってことで入学を認めてもらったし」

「まあ……そこまで難しい問題はないと思うから、日頃の授業を寝るとかしていなければ、赤点を取ることはないさ」

「赤点って？」

「失格、ってことだ。ユスティーナなら問題はないと思う」

歴史の授業は興味津々でしっかりと聞いていた。興味がない授業も、一応、ノートはとるようにしていたから、筆記試験は問題ないだろう。

実技試験は……言うまでもないか。たぶん、過去最高記録を叩き出すんじゃないか？

「がんばろうね、アルト！」

「ああ」

ユスティーナの笑顔に励まされた俺は、良い成績を取ろうと、改めて決意を固めた。

午前中に筆記試験が行われた。

どの科目も手応えがあり、良い点数が取れたという自信がある。

ユスティーナは、歴史の試験の時はペンを走らせる手が止まらず、終始笑顔。他の科目はうーんうーんと悩んでいたけれど、それでも、ある程度は答えを埋めることができたらしい。

そして午後になり、実技試験が行われることに。

試験の内容は、ランダムに選ばれた相手と模擬戦を行う。

勝利すればポイントがプラスされるが、負けたとしても、善戦すれば多少のポイントが加算される。

3回の模擬戦で、獲得したポイントに応じて順位が決まる、というシンプルな内容だ。

模擬戦はグラウンドで行われる。屋内訓練場には観客席もついているが、あちらは狭い。一度にまとめて試合を行うことができないため、より広いグラウンドが試験の会場にる。

すでに実技試験は開始されていて、グラウンドのあちらこちらで生徒たちが激突してい

選ばれた。

そんな中、俺の番が。

対戦相手は……

「おっ、俺の相手はエステニアか。ラッキー。うまい具合に本人と当たるなんて、俺って運がいいな。やっぱ、日頃の行いがいいのか？」

セドリックの取り巻きの一人という最悪の結果に。

あの事件の後、セドリックはしばらくして自主退学。二度とユスティーナに関わりたくないらしく、退学届も代理人が提出するほどだった。

そうしてセドリックは完全に消えたが……そのせいで、今度は取り巻きが増長することに。

ユスティーナのおかげで殴られるなどの暴力はないが、それでも、ちょくちょくと絡まれている。

他のクラスなので、普段は接する機会はないのだけど、こういう場合は仕方ない。

今日の俺は、非常に運が悪い。

「アルト、がんばれー！」

教師の数に限界があるため、一度に全員の試合を行うことはできない。交代制となり、自分の番を待つ生徒は、他の試合を観戦できる。

ユスティーナは俺の応援をしてくれていた。

そんなユスティーナを見て、対戦相手の男子生徒がビクッと震えた。どうやら、彼女を恐れているらしい。詳細は知らないだろうが、セドリックがこっぴどくやられたことは知っているらしい。

「お、おい」

「……なんだ？」

「俺がてめえをボコボコにしたら、俺はあの女にボコボコにされるのか……？」

「いや、その心配はいらない。これが試験ということはユスティーナも理解しているから、そんな八つ当たりのようなことはしないはずだ」

たぶん。

「へへっ……そうか、それを聞いて安心したぜ。これで心おきなくてめえをサンドバッグにできる、っていうわけだ。楽しみだぜぇ……てめえと遊ぶことができなくて、最近、ストレスが溜まってたからなあ。ここらでスッキリさせてもらうとするか」

「思い通りにいくと思うな」

俺は訓練用の槍（やり）を構えた。

不思議だ。

以前は顔を合わせるだけで震えていたというのに、今はひどく心が落ち着いている。

勝てるかどうか、それはわからないが、後悔することなく全力を出せると思う。

そんな俺の態度が気に食わなかったらしく、男子生徒は不機嫌そうに舌打ちをする。

「てめえ……俺に勝てるつもりでいるのか？　おいおい、エステニアのくせに生意気だな……調子に乗るんじゃねえぞ？」

「調子に乗っているつもりはない。ただ、やれるだけのことをやるだけだ」

「その態度が調子に乗ってるって言ってるんだよ！　てめえのようなクソ雑魚は、泣いてひれ伏さないといけないんだよ！」

凶悪な顔をして、男子生徒が訓練用の剣を構えた。

「決めた。てめえ、やっぱりフルボッコだわ。泣いて謝っても許してやらねえ。俺より遥かに格下で、ゴミ以下ってことを思い出させてやるよ」

「……」

「おいおい、ブルって声も出ないのか？　ははははっ、土下座して俺の靴を舐めれば、少しは手加減してやるぜ？」

「無駄口を叩くつもりはない。それだけのことだ」

「てめえ……死んだぞ」

男子生徒の怒気が膨れ上がる。

対する俺は、あくまでも冷静に。

周囲に流されることなく、ベストを尽くす……それだけだ。

「始め！」

「うらぁああああっ！」

先生の合図と同時に、男子生徒が地面を蹴る。被弾面積を少なくするため、体を横に反らしていた。

一連の動作は水が流れるようにスムーズで、ほぼほぼ無駄がない。基本的な突撃姿勢ではあるが、良い意味で教本通りの理想的な攻撃。

しかし……なぜだろう？

俺からしてみると、男子生徒は遊んでいて、とても本気を出しているようには見えない。

だって、あくびが出てしまうほどに遅いのだから。

「……」

槍（やり）を握る手に力を入れる。

今の俺は、竜の枷（かせ）は外れている状態だ。２週間が経（た）ち……それと、試験ということでユスティーナが枷を外してくれた。

特訓の成果をその体で感じたらいいよ。

試験の前に言われたユスティーナの言葉を思い返した。

「……よし、やるか」

まずは様子見として、突撃を止めるために牽制の一撃を叩き込む。

槍を回転させて、柄で殴りつけると……

「ひっ……ぎゃああああああああぁ！！？」

相手の剣を粉々に打ち砕いて、そのまま男子生徒を殴り飛ばす。

男子生徒は紙くずのように吹き飛ばされて、そのまま訓練場の壁に激突。ピクピクと痙攣しているが、それは肉体的な反応で、完全に気絶していることは見て明らかだ。

そんな結果に、俺自身が驚いてしまう。

「……なんだと？」

ありえない威力を叩き出したことが信じられず、俺は思わず、その場でぽかんと間の抜けた顔をしてしまうのだった。

「つまり、アルトの身体能力は今、とんでもないことになっているんだよ」

試験が終わり、その夜。

寮の部屋で、俺の体についてユスティーナから説明を受けていた。

「竜の枷で2週間、重力が2倍の状況で過ごしていた。特製ドリンクで成長も促されていた。これって、10年分の特訓効果があるんだよ」

「10年って……本当なのか？」

「ウソなんて言わないよ。もちろん、冗談でもないよ」

ついつい驚いてしまったけれど、納得の話だった。10年分もの効果を得たのならば、あれだけの力を得ることも可能だろう。

「……っ……」

ブルリと体が震えた。

俺は強くなっている。もしかしたら、このまま英雄になれるかも……

「でも、調子に乗ったらダメだよ」

オレの心を見透かした様子で、ユスティーナが釘を刺すように言う。

「竜の枷の特訓のおかげで、確かに、アルトの身体能力は大きく向上したよ。でも、世の中全体で見ると、まだまだだよ。アルトより上の人はたくさんいる。それに、身体能力が上昇しただけで、戦闘技術は磨かれていないからね」

「今の俺は力だけで、その他はなにもない、ということか……」

「厳しい言い方をするけど、その通りかな」

浮かれていた自分を諌める。

色々とあって調子に乗りかけていたが……そんなことになってもロクなことにならないか。

目が覚めた。

「ありがとう、ユスティーナ」

「ふぇ？　なんでお礼を言われるの？」

「諫めてくれただろう？　ユスティーナの言葉がなければ、俺は調子に乗って、とんでもないミスをしていたかもしれない。だから、ありがとう」

「アルトは謙虚だね。ちょっとくらい、自慢してもいいし、調子に乗ってもいいと思うのに」

「普通の竜騎士になるだけなら、それでもいいかもしれないが……俺は、英雄になりたいんだ。目指すところが遥か上だから、しっかりしないとな」

「なら、ボクはそのサポートをしてあげる」

「頼りにしてもいいか？」

「もちろん！」

ユスティーナはとびっきりの笑顔で頷いた。

俺こと、アルト・エステニアは平凡な存在だ。

アルモートの田舎町の宿の息子として生を受ける。

実はやんごとなき身分の血が流れている……なんてことはなくて、特筆することのない平凡な子供。

近所の同世代の子供たちと一緒に、日が暮れるまで遊ぶ。

そして、週に2回、学校に通い教育を受ける。

アルモートは豊かな国で、国民の教育にも力を入れている。誰でも基本的な知識を得られるように国が学校を建てて、無償で通うことができるのだ。

他の国では、教育施設に通うには莫大な金が必要となり、貴族階級などしか通うことができないらしい。

そのことを考えると、とても素晴らしい政策だと思うが……ただ、子供にとって勉強なんてものは退屈だ。俺も例外ではなくて、渋々と通っていたことを覚えている。

ただ、学校は同世代の子供が集まる場所なので、友達と会えることは楽しい。

小さい頃はいじめられることもなく、楽しい日々を過ごしていた。

そんな当たり前の日々を過ごしていた俺は、何もなければ普通の大人に成長して、そのまま両親の宿を継いでいただろう。

しかし……人生のターニングポイントが訪れる。

ある日のことだ。

友達と遊んでいた俺は、ついつい遠出をしてしまい迷子に。街の外は魔物がいるから危険と言われていたのに、気がつけば外に出てしまっていた。

魔物というのは、動物と似て異なる凶悪な生き物だ。

かつて世界征服を企み、世界と戦争をしたと言われている魔王。

魔王が討伐された時、その血が世界中に降り注いだ。血は猛毒となり、ありとあらゆる生き物の体を蝕み……その結果、魔物に変貌。

魔王の血に侵された体は醜悪に変貌しており、その心と魂は闇に染まっている。生あるものを憎み、己以外のものを敵として、破壊と混沌を撒き散らす。

今も魔物は存在していて、その被害は絶えず、子供が襲われるという事件もある。

迷子になった俺は、その魔物に襲われた。

ブラッディベアーという、熊を原型とする非常に凶悪な魔物だ。その体は3メートルを超えて、その力は一撃で人を死に至らしめるという。討伐するには、熟練の者が複数人であたらないと不可能と言われている。

生きた心地がせず、ここで死ぬんだと覚悟したのだけど……

そんな時、空から竜が舞い降りてきた。

竜は俺を守る盾となり、ブラッディベアーの攻撃を全て受け止めた。大木をへし折るほどの攻撃を受けても、竜は平然としていて、一歩も退くことはない。

そして……もう一人。

竜の背に乗っていた騎士が大きく跳躍した。

空高くに舞い上がり、ある一点を超えたところで降下。槍(やり)の穂先を下に向けて、直上からの攻撃をブラッディベアーに叩(たた)き込む。

頭部を貫かれたブラッディベアーは、一度、ビクンと痙攣(けいれん)すると、そのまま地に伏した。二度と動くことはない。

複数人で挑まなければ倒せない相手を、たった一人で倒してしまう。竜と共に戦うその人の正体は……竜騎士だ。

俺は、無事に家に帰ることができた。

母さんに泣くほど心配されて、父さんにめちゃくちゃに怒られたものの、その時のことはよく覚えていない。俺を助けてくれた竜騎士の印象が強すぎて、他のことを覚えていられなかったのだ。

竜と共に空を翔(かけ)て、敵を討つ。

その力を見た俺は、一瞬で惚れ込んでしまい、強い憧れを抱いた。

俺も竜騎士になりたい、強くなりたい。そして……誰かを助けたい。

その思いは時間が経っても消えることはなくて、むしろ、日に日に膨らんでいき……俺は、竜騎士学院に入学することを決意する。

それが俺の原点であり、英雄に憧れる心の出発点だ。

自分が助けられたように、誰かを助けることができる存在になりたい。そのための力が欲しい。だからこそ、英雄になりたい。

そんな思いがあるから、セドリックに絡まれていた女の子を助けた。ユスティーナを助けた。

俺にできることがあると信じて、たぶん、これからもそうしていくのだと思う。

それが、俺が俺らしくあるということなのだから。

6章　変わる日々

「アルトー！」

　とある日の放課後。

　授業が終わると同時に、ユスティーナが笑顔で抱きついてきた。

「お、おい。いきなりなにをする」

「愛情表現。えへへー♪」

「いや、ダメだろう。離れてくれないか」

「えー、なんでー？」

「なんで、と言われても……」

　ユスティーナの体は、失礼だが起伏に乏しい。

　でも、なんだかんだでしっかりとした女の子なので、あちこち柔らかくて、ミルクのような甘い匂いもする。

　って、そんなことを真剣に考えるなんて、俺は変態か。

　とにかくも、抱きつかれるのはまずいので、そっと引き離しておいた。

「もう、アルトは照れ屋さんだなあ。でも、そういうところもかわいくて好き♪」

めげないユスティーナであった。

「……っ……」

こちらを見ていたらしく、クラスメイトと目が合う。ただ、すぐに逸らされてしまう。

セドリックが消えて、試験で実力を示して、ユスティーナがいて……それらのおかげで、いじめられることはほぼほぼなくなった。

ただ、クラス内で浮いていることは変わらない。今更、クラスメイトもどう接していいかわからないのだろう。

俺としては、仲良くしたい。

一部はセドリックのいいなりだったが……その他、大半のクラスメイトは無関係で、見て見ぬ振りをしただけだ。

自分も目をつけられてしまうかも、という恐れはよくわかるので、そこについては責めることはできない。

だから、俺は気にしていない。同じように、クラスメイトも気にしないでほしいのだけど、なかなか難しいのかも。

「どうしたの、アルト？」

「……いや、なんでもない。帰るか」

「うんっ……と言いたいところなんだけど、ボク、ちょっと用事があるんだよね。ごめんねだけど、アルトは先に帰っててくれないかな？」

「珍しいな。どんな用事なんだ？　手伝えることがあるなら手伝うが……」

「えっと……さ、さすがにそれはまだ早いというか、心の準備ができていないというか……一人がいいかな」

なんで照れるんだ？

「えっと、その……パンツを買いに行きたいなあ、って」

「そ、そうか……すまない。変なことを聞いた」

「ううん、気にしないで！　今はまだ恥ずかしいけど……でもでも、いつかアルトの好みのパンツを教えてくれるとうれしいな」

非常に反応に困る話を振らないでほしい。

とりあえず、聞こえなかったフリをしておいた。


その後、校舎を出たところでユスティーナと別れて一人に。

寮に続く道をまっすぐに歩いていく。

「……うん？」

校舎の陰……人目につきにくいところに複数の生徒が見えた。全員、男子生徒で、一人を三人が取り囲んでいる。

口論となり揉めているため、気づくことができた。

「って、おいおいおい」

三人組がいきなりキレて、一人を思いきり殴る。果敢にも応戦するが、三対一はさすがに厳しいらしく、あっという間に押されていく。

「訓練用の槍もないが……ええいっ、仕方ないか！」

放っておくことはできず、急いで駆け出した。

「おいっ」

事情もわからないうちに、男子生徒に加勢することはできない。

もしかしたら、一人の方が悪いということもある。

ひとまず仲裁をするために、間に割り込む。

「なんだ、てめえ⁉」

「邪魔するつもりか！」

「事情は知らないが、こんなところでケンカはまずいだろう。それに、三対一は卑怯だ。せめて……」

「てめえ……生意気な口をきくじゃねえか！」

よくよく見てみれば、こいつら、セドリックの取り巻き連中だ。

「てめえなんかお呼びじゃねえんだよ！　消えなっ」

「ぐっ」

思いきり殴られた。

ユスティーナに鍛えられているおかげで、あまり痛くはないが、それでも多少のダメージをくらってしまう。

向こうは向こうで、それなりに力があるみたいだ。

「邪魔するっていうのなら、てめえもまとめてやってやるよ！」

「ゴミカスが、俺たちに逆らうんじゃねえ！」

説得に応じる様子がまるでないため、ケンカの仲裁は諦めて、男子生徒に加勢することにした。どう考えても、悪いのは向こうだろう。

「いけるか⁉」

「あ、ああ……大丈夫だ！」

「なら、一人は任せた！」

俺は二人を担当した。

幸いというべきか、相手は武器を所持していない。

拳撃や蹴撃(しゅうげき)が放たれる。学院で教わる戦闘技術だけではなくて、独自のアレンジが加えられているところを見ると、ケンカ慣れしているようだ。

ただ、セドリックに比べると遥(はる)かに格下らしく、恐怖も威圧感もまるで感じない。

的確に攻撃を防いで、あるいは避けて、じっと耐えてチャンスをうかがう。

ユスティーナの特訓のおかげで、俺の身体能力はかなり向上したが、戦闘技術はまだ習得していない。自惚(うぬぼ)れることなく、油断することなく、慎重に事を進めないと。

「今っ！」

男が大きく腕を振り上げたところで、がら空きになった脇を狙い蹴りを叩(たた)き込む。

「ぐあ!?」

男は悶絶(もんぜつ)して、その場に崩れ落ちた。

「なっ!?　こんなヤツなんかに……」

仲間が倒されたことで、残りの一人が動揺した。

その隙を逃すことなく、下から上に顎を張る。うまい具合に脳震盪(のうしんとう)を起こしたらしく、二人目も地面に沈む。

「ふう」

見ると最後の一人は、ちょうど男子生徒に倒されていた。

そこそこケンカに慣れているらしく、一対一なら強いらしい。

「サンキュー。たすか……あっ」

男子生徒は俺を見て、ハッとした顔になる。

なんだ？　俺の顔になにかついている……とか、そういうわけじゃないか。

俺のことを知っているのかもしれない。

セドリックに絡まれていたことで、知名度はそこそこあるからな。まあ、悪い意味での知名度ではあるが。

「エステニアか……そっか、お前が助けてくれたのか……」

「俺のことを知っているのか？」

「え？　いや、そりゃまあ……同じクラスだからな」

そうなのか？　言われてみると、どこか見覚えが……

クラスに友達なんて一人もいないから、まるでわからなかった。

「とりあえず、場所を移動するか」

「……ああ、そうだな」

こんなところ、教師に見つかると面倒なことになる。

殴り倒した男たちはそのままに、俺たちはその場を後にした。

男子生徒の名前は、グラン・ステイル。

まったく覚えていなかったが、クラスメイトだ。

同じ15歳とは思えないほど体は大きく、背は高い。がっしりと鍛えられた体は、まるでスポーツ選手のよう。

髪はかなり短くカットしていて、どこか無骨な印象を受けた。制服を着崩しているところからすると、その印象は間違いではないのかもしれない。

そんなグランから、談話室で事情を聞く。

たまたまセドリックの取り巻き連中に目をつけられて、金を強請(ゆす)られていたらしい。

しかし、グランはおとなしく金を差し出すようなタイプではなくて……取り巻き連中が怒り、ケンカになったというわけだ。

「そうか……災難だったな」

「適当にやり過ごせればよかったんだけどな。連中、しつこいから、ついついこっちも頭に来てな」

「とはいえ、ケンカは控えた方がいいぞ。一応、生徒同士の私闘は禁じられているからな」

「そうなんだよなぁ……ったく、これで面倒事になったら、どうしてくれるんだよ。っていうか、面倒事になる予感しかしねえ……ああいう連中、絶対に報復とかするだろ」

「さて……どうだろうな？」

セドリックがいた頃は、あいつの権力を傘に着て好き放題やっていたが、今は学院の目が厳しくなり、無茶はできない。

連中はただの突発的な犯行だろうから、顔も名前も覚えていないだろう。人気のないところで出くわすとかすぐに再会するとか、そういう運の悪さがない限り問題ないと思う。

そう話したところ、グランは安心したように吐息をこぼした。

「そっか、それならいいんだ」

「問題になるとしたら、ケンカが学院にバレた時だろうな。まあ、その時は俺を呼んでほしい。正当防衛だと証言するから」

いや……殴り倒してしまったから、過剰防衛か？

まあ、相手に非があることは間違いないので、悪いことにはならないだろう。

「……」

返事がないので見てみると、グランがきょとんとしていた。

「どうしたんだ？」

「俺の力になってくれるのか……？」

「ああ。証言くらいなら、いくらでもするぞ」

「なんで、と言われても……」

考える。

しかし、答えなんてない。

「誰かを助けたいという思いに、理由なんて必要か？」

「っ……!?」

そんなに驚いた顔をして、どうしたのだろう？　俺は、そんなにおかしなことを言っただろうか？

「そう、だよな……そっか、エステニアはそういうヤツなんだよな。わかっていたはずなのに、俺は……」

「どうした？　顔色が悪いぞ？」

「いや……なんでもない」

なんでもないと言える様子ではないが。

「……俺、部屋に戻る」

「ホントに大丈夫か？」

「ああ……ちょっと一人になりたいんだ。心配してくれてんのに、すまねえな」

「いや、大丈夫だというのなら構わないさ」

「……ホント、ありがとな」

グランは繰り返し礼を言うと、そのまま寮の奥に消えた。

いったい、どうしたのだろうか？

「あっ、アルト！」

後を追いかけることもできず、一人のんびりしていると、ユスティーナが帰ってきた。

買い物袋を手に下げている。

たぶん、その中身は……いや、考えないようにしよう。

「おかえり」

「ただいまー！　こんなところでどうしたの？　あっ、もしかして、ボクのことを待っていてくれたの？　もー、アルトってば寂しんぼうなんだね。でもでも、うれしいよ」

勝手にユスティーナを待っていることにされてしまう。

訂正……はできないな。そんなことをしたら、落ち込むユスティーナが簡単に想像できた。

「えっと……ユスティーナは、ちゃんと欲しいものは買うことはできたのか？」

「うん。かわいいものが見つかったんだ！」

ちらりと、赤い顔をしてユスティーナがこちらを見る。

「……見たい？」

「いやいや。確か……下着だろ？　俺が見るわけにはいかないだろ」

「恥ずかしいけど、アルトがどうしてもっていうならいいよ」

「さすがにそれは……」

「あっ、そっか！」

理解したという様子で、ユスティーナはにっこりと笑う。

「ものだけ見ても仕方ないもんね。きちんとつけているところを見たいんだよね」

とんでもない勘違いをしている⁉

俺も男なので、興味がないといえばウソになる。

とはいえ、付き合っていないのにそんなことできない。

「でもでも、さすがにここだと他の人の目があるからダメだよ。ボクの恥ずかしいところは、アルトだけにしか見せないんだから」

自制心が崩壊しそうになるため、そういうセリフを口にしないでほしい。

「いや、それはいいから」

「えー」

だから、残念そうにしないでほしい。

「とりあえず、部屋に戻ろう」

「そうだね。そろそろごはんの準備をしないと」

「俺も手伝う」

「ありがとう」

グランの様子が気になるが、今はなにもできないだろうと、ユスティーナと一緒に部屋に戻るのだった。

いつものように朝が訪れて、ユスティーナと一緒に登校した。

鞄を机の横にかけて、椅子に座ると、ユスティーナが笑顔で話しかけてくる。俺と話ができることがうれしくてうれしくてたまらない、という感じだ。

そこまでの価値が俺にあるのか、それはわからないが、恩を返すためにも彼女が喜ぶことをしていきたいと思う。

そんな感じで、最近、この光景が当たり前のものになりつつあった。

ただ……ここにきて、一つの変化が加わることになる。

「なあ、ちょっといいか？」

ふと、男子生徒に声をかけられた。

大柄で、どことなく熊を連想させる。ただ、いかついというわけではなくて、どことなく愛嬌がある。例えるなら……人懐っこい熊？

いかん、さきほどから熊を連想してばかりだ。

まあ……とにかく、そういう男だった。

そんな男の名前は……

「昨日の……グラン、だったか？　グラン・ステイル」

「ああ。今度は覚えてくれたみたいだな」

「さすがにな。昨日の今日で忘れるほど、俺は記憶力が悪いわけじゃない」

「覚えてくれて助かるよ」

「それで……どうしたんだ？　なにか用が？」

「……話しておきたいことがある」

なんだろうか？　心当たりがなくて、ついつい首を傾げてしまう。

そんな俺に対して、グランはひどく真面目な表情になり……

「すまんっ！！！」

腰を90度に曲げて頭を下げると、大声での謝罪。

謝られる理由が思い浮かばず、ぽかんとしてしまう。

「えっと……なぜ、謝る？　知らない間に、グランは俺に対してなにか問題を起こしていたのか？」

「問題というか……ずっと、やらかしてたからな。エステニアがいじめられているのに、俺は見て見ぬ振りをしてた。関係ないことだと見捨てていた。すまん……いや、すまない。本当にすまないっ！」

わざわざ、人目があるこんなところで話すような内容じゃない。当たり前だけど、グランはクラスメイトに注目されていた。

いや……だからこそ、なのか？　あえて注目を集めることで、それを自らの罰にする……？　それと、他のクラスメイトにも語りかけているとか。都合のいい解釈かもしれないが、そういう風に考えることもできる。

「今更って思われるだろうし、都合がいいってのもわかってる。でも、どうしても謝りたかった！　昨日のことでエステニアに助けられたのに、俺は見捨てて……自分が情けなくて仕方なかった。だから、こんなことは終わりにしようと思ったんだ」

「それは……」

「なあ……みんなも、こういうことはもうやめようぜ？　エステニアを腫れ物扱いして、そんな風に過ごして……俺は楽しく過ごせねえよ。セドリックを恐れていて、エステニアを虐げていた俺がどの口で言うんだ、って言われるとその通りなんだけどよ。でも、こういうことはもう終わりにしたいんだ」

グランの呼びかけに、クラスメイトたちは互いに顔を見合わせた。その顔に浮かんでいる感情は……罪悪感。

クラスメイトたちも、好き好んで俺を腫れ物扱いしていたわけじゃない。セドリックに逆らうことができず、仕方なくそうしていただけだ。本心からのものではないと、そう信じたい。

「……キミたち、随分と都合がいいんだね」

ユスティーナの冷たい声が割り込む。

見ると、とんでもなく不機嫌そうな顔をしていた。いつしか、セドリックと対峙した時と似たような顔……そのまま冷たく言い放つ。

「セドリックがいなくなって、それなりの時間が経つんだよ？　それなのに、なんで、今のタイミングでそういうことを言うのかな？　謝るのなら、普通、もっと早く謝るべきじゃないのかな？」

「そ、それは……」

「セドリックが本当にいなくなったのか、確かめることができず、確かめようともせず……ただ震えながら様子を見ていた。そして、ようやく確信が持てるようになった。これで平和な生活が送れる。でも、アルトをのけものにした罪悪感がある。なら、謝ろう……って、そんな感じだよね？　キミたちは自分がかわいいだけだよね。罪悪感なんて抱えたくないから、忘れたいから……だから、アルトに謝った。それ、それ……本気なのかな？」

「……エルトセルクさんの言う通りだ。俺は卑怯者だ。でも、エステニアに対して、本当に悪いことをしたっていう気持ちもある。そこは信じてくれないか？」

「それも自己満足だよね。悪意がないと見せかけているから、相手は許すしかない。ある意味で、セドリックよりも質が悪いんじゃないかな？」

「ユスティーナ、言いすぎじゃないか」

「いいや、言わせてもらうね！」

ユスティーナは怒っていた。セドリックに向けた怒りほどではないが、見て見ぬ振りを続けたクラスメイトたちを、ほぼほぼ敵と認識している。

「第一、なんでこのタイミングなのかな？　そこが不自然だよね。きっかけは……この前の試験だよね？　アルトはとんでもない力を見せつけて、実技試験ランク外だったのが、一気に浮上して11位という成績を叩き出した」

ちなみに、1位はユスティーナだ。まあ、当たり前の結果といえる。

「それを見て、怖くなったんじゃないの？　今まで自分たちがしていたように、今度はアルトに虐げられるかもしれない。だから、そうなる前に仲良くしておこう。そんなことを考えたんじゃない？　つまり、打算だよね。本気で謝罪なんて考えていない、計算でアルトの心に土足で踏み込んでいるんだよ」

「それは……否定しない」

グランは苦々しい顔で頷いた。

ユスティーナの言葉を認めて、受け入れて……その上で言葉を続ける。

「でも、それだけでもないんだ」

「他に理由が？」

「……俺は昨日、エステニアに助けられた」

「それで？」

「俺、今までさんざんやらかしてきたのに、それでもエステニアは助けてくれた。ロクでもない連中に絡まれているところに割って入ってくれて……なんで、助けてくれるんだ？って聞いたら……助けるのに理由なんて必要あるか、って」

「……」

「俺は、自分を殴りつけてやりたくなったよ。本当にバカなことをしたと思う。反省している。だから、やり直すチャンスをくれないか!?」

「ふんだ。どこまでが本心なのか……ボクからしたら、すごく怪しいね。その場の雰囲気に流されているだけで、くるりとすぐに手の平を……」

「ユスティーナ」

そこまでにしておいた方がいいと思い、ユスティーナの言葉を遮る。これ以上は、悪役になってしまう。

俺のためを思い、怒ってくれているのはわかるが、少しやりすぎだ。

「なに、アルト？　ボクはまだまだ言い足りないんだけど」

「ありがとう」

「ふぁ」

頭を撫でると、ユスティーナが妙な声をあげて赤くなり、おとなしくなる。

「俺のために怒ってくれることは、素直にうれしい。ただ、それ以上はダメだ」

「でも、ボクは……」

「わかっているさ。ユスティーナの言葉が正しい可能性もある。それくらい、俺も考えているよ」

伊達に……というのも変だけど、いじめられ慣れていない。グランの言葉は形だけのものので、本心では和解なんて望んでいないかもしれない。

それでも……

「俺はグランを信じるよ」

「……エステニア……」

「疑うよりは、信じる方がいい」

「裏切られるかもしれないのに？」

「その時は、その時だ」

「……ふぅ」

仕方ないなあ、という感じでため息をこぼすと、ユスティーナは柔らかく笑う。

「アルトがそういうのなら、ボクはもうなにも言わないよ」

ユスティーナが一歩下がり、道を空ける。

グランは前に出ると、神妙な顔をして改めて口を開く。

「エルトセルクさんの言う通りだ。俺の中に、色々な打算がある」

「そうか」

「でも、もうこんなことは終わりにして……そして、できることなら、エステニアと仲良くしたいと思っている。これもホントのことだ。信じてほしい」

「信じるよ」

「……お前、簡単に言うな。疑わないのか？」

「さっきもユスティーナを相手に言ったが、疑うよりも信じる方が気持ちいいからな。あと……色々と暗いことを考えるのは疲れた」

「すまない。エステニアがそこまでしてくれているのに、俺は今まで……」

「いいさ」

セドリックが相手だとしたら許すことはできないが、しかし、グランたちは同じ被害者だ。俺と同じく、ヤツの横暴に巻き込まれていた。

俺がグランの立場だとしたら、もしかしたら、なにもできなかったかもしれない。理不尽に立ち向かっていたと、そう断言できるほど、俺は強い人間じゃない。

だから、彼を責める資格はないし、そのつもりもない。

「ただ……一つだけいいか？」

「なんだ？　なんでも言ってくれ。せめてもの罪滅ぼしとして、なんでも言うことを聞く。殴りたいっていうのなら、好きにしてくれて構わねえ！」

「考え方が物騒だな……そんなんじゃなくて、俺のことはアルトって呼んでくれ。望むことは、ただそれだけだ」

「……わかった。それと、ありがとう」

するとグランと握手を交わした。

すると、クラスメイトたちが拍手をして……それから、彼に続いて謝罪を重ねてくる。

俺はそれらを一つ一つ聞いて、受け入れていく。

そうして……この日、初めて学院で友達ができた。

しかし、それは新しい事件を招いてしまうことになる。

◇

数日後。

いつものようにユスティーナと一緒に登校して、教室に移動する。

「おはよう」

「あっ……お、おはよう。エステニア君」

「えっと……今日はいい朝だね」

声をかけると、ぎこちないながらもクラスメイトが挨拶を返してくれた。今までは露骨に無視されていたのだけど、今はわりと普通に対応してくれる。

なんていうか、とても新鮮で晴れやかな気分だった。

「アルト、うれしそうだね」

「わかるのか？」

「そりゃあ、大好きな人のことだもん」

ユスティーナもいつもの調子。

ただ俺が喜んでいることがわかるらしく、笑顔が普段の2割増しだ。

「アルトの周りの環境が改善されたみたいで、ボクもうれしいよ」

「ユスティーナのおかげだよ、ありがとう」

「ボクはなにもしていないよ。全部、アルトが自分の力で道を切り開いたの。そんな主を持つことができて、ボクはうれしいし、誇らしいな」

俺とユスティーナは、まだ正式なパートナーとして登録していない。気が早いと思うのだけど、ユスティーナの中では、俺の騎竜になることは決定らしい。

そのことに不満はないし、むしろ光栄に思う。

ユスティーナは、その力も心も共に申し分ない。というか、俺の方が色々と足りていないため、彼女に見合う男にならなければ。

「よっ、アルト！」

「おわっ」

どんっ、と力強く背中を叩かれた。

振り返るとグランとジニーの姿が。

「ちょっと兄さん。何しているのよ。アルト君が困っているでしょ」

「そんなことねえよな。男なら、これくらいの挨拶は普通だろ。なあ、アルト？」

「いや……いきなり背中を叩くのはやめてほしいぞ。驚く」

「げっ、アルトに裏切られた」

「まったく……アルト君、ごめんなさい。バカな兄で」

ジニーはもうしわけなさそうに言うと、軽く頭を下げた。

彼女……ジニー・ステイルもクラスメイトで、グランの妹だ。熊のようなグランと双子なのだけど、その容姿はまるで別物だ。

母親似なのか、グランに似ずとても綺麗な女の子だ。

凛とした表情に目が惹かれてしまう。瞳は丸く、クリクリっとして宝石のようだ。意思がとても強そうに見えるから、そういうところはグランに似ているかもしれない。

髪の色はグランと同じで金色。長く伸ばしていて、リボンで束ねてポニーテールにしている。女の子らしい趣味で、素直にかわいいと思う。

体の凹凸はハッキリしていて、出るところは出て、引っ込むべきところは引っ込んでいる。ユスティーナが、ちょっとうらやましそうにジニーの体を見つめていた。

「おはよう、ジニー」

「おはよう、アルト君。それと、エルトセルクさんもおはよう」

「うん、おはよう」

先日の一件でグランだけではなくて、ジニーとも仲良くなれた。

ジニーもグランと同じように頭を下げてきたのだけど、特に気にすることなく、その件は終わりにした。やり返すよりは、一緒に笑った方が気持ちいいから。

最初は二人を疎ましく思っていたユスティーナだけど、一緒に過ごすうちに心を許すようになり、今では親しい友達に。特にジニーと打ち解けていた。

考えてみれば、ユスティーナにとって、ジニーは初めての同性の友達になる。

俺だけに構うのじゃなくて、もっと色々な人と交流を持ってほしいと思う。

「それにしても、グランとジニーは双子の兄妹なんだよね？」

ふと、ユスティーナがそんな質問をした。グランとジニーを交互に見ていて、どこか興味深そうにしている。

「ああ、そうだぜ」

「残念ながらね」

「おい、どういう意味だ」

「そのままよ。ほほほ」

グランに睨まれるものの、ジニーはまるで気にしていない様子で笑ってみせた。なかなかに度胸がある。そんな二人を見て、ユスティーナは素直な感想を口にする。

「うーん、似てないね」

「「こんなのと似てるなんて勘弁」」

「あはは、息はぴったりだね。外見は似てないけど、心はそっくりなのかも」

「「むぅ」」

グランとジニーは、揃って不満そうな顔をした。似ているという感想は、二人にとっては不名誉らしい。

もっとも、仲が悪いわけではない。なんだかんだ言いつつも、相手に対する信頼が見え隠れしているため、いい兄妹だと思う。

「いいなあ」

グランとジニーを見ながら、ユスティーナがうらやましそうに言う。

気になり、尋ねてみる。

「グランとジニーのどこがうらやましいんだ？」

「仲が良いところ」

「あたしは兄さんなんかと仲が良いつもりはないんだけど……」

「ボク、知ってるよ。ジニーは素直になれない、ツンデレっていうやつだね」

「誰がツンデレよ！」

「でも、グランとは、なんだかんだで仲が良いよね。一緒にいることが多いし……なんていうか、こう、対等な関係って感じ？　理想的な兄妹だと思うな」

そんなことを口にするユスティーナには、憧れのような感情があるらしい。

「ユスティーナは兄か姉が欲しいのか？」

「ん？　そういうわけじゃないよ。お姉ちゃんならいるし」

「えっ、そうなのか？」

「うん。一人、お姉ちゃんがいるよ」

意外な事実だ。

思えば、ユスティーナの家族のこと……というか、個人情報をほとんど知らないな。

神竜バハムートで、竜の王女のような立場。

知っているのはそれくらいだ。現状に甘えていないで、彼女のことを積極的に知る努力をした方がいいかもしれない。

「ボクのところはびみょーな関係だから、グランとジニーがうらやましいよ」

「仲が悪いのか？」

「ううん。仲は良い方だと思うよ。ただ……お姉ちゃんってちょっと過保護なんだよねー。あれこれとボクに構ってきて……今回の入学も、最後まで反対されたもん」

「心配してくれている、ということだろう？」

「そうそう、アルト君の言う通りよ。悪いことじゃないんじゃない？」

「そうなんだけどねー。でも、ちょっと度が過ぎているから、そろそろ妹離れしてほしいんだよねー、なんてことを思うんだ」

ユスティーナは憂鬱そうにそう言うと、ため息を一つ。

いつも元気いっぱいで、笑顔がとても似合う女の子だからこそ、そういう表情はなかなかに珍しい。

「まあ、なんだかんだでいいお姉ちゃんだけどね。機会があれば紹介するよ」

「楽しみにしてる」

そうこうしているうちに教師がやってきて、授業の前の連絡事項が伝えられる。

「えー、次の連絡事項ですが……ここ最近、竜を排斥しようとするカルト集団が街に出没しているという情報があります。竜は私たち国民の友です。そのような考えに染まることはなく……」

適当な話が終わり、1限目の授業が始まってしまうのだった。

7章　変わらないもの

セドリック・アストハイムは学院を退学した。

アルトをいじめていた主犯格であり、一番の元凶と言える。これにより、アルトは穏やかな生活を取り戻した。クラスメイトと和解をして、友達もできた。

しかし、まだ終わりではない。

セドリックのいじめに積極的に加担して、楽しんでいた者たちがいる。その者たちからしてみれば、遊ぶおもちゃが減りストレス発散の方法が消えたということに他ならず、おもしろくない。

そんな身勝手極まりない考えをする生徒がいた。

ジャス・ラクスティン。

違うクラスではあるが、彼もアルトをいじめていた。セドリックのような五大貴族ではないが、彼も貴族でありそれなりの権力を持つ。

その権力を盾に、セドリックと一緒になり、好き放題にアルトをいじめてきた。

しかし、今はそれができない。ユスティーナが登場したことで、一瞬で学院のパワーバランスが崩れたためだ。

セドリックは退場してしまい、見て見ぬ振りをしていた教師たちも、ユスティーナの味方をするように。

「まったく……おもしろくありませんね」

ジャスは、一人、自分の部屋で苛立たしげにそうつぶやいた。そのまま自慢の金髪を指先でいじる。そんなことが癖になっているため、金髪の先はわずかにカールがかかっている。

ただ、それも一つのファッションとして見えるほどに、彼の顔は整っていた。

体は細身ではあるが、しっかりと鍛えられており、服の上からでも筋肉がついていることがわかる。

背もたれの大きな椅子に寄りかかりながら、アルトについて考えを巡らせる。

「おもちゃを取り戻したいところではありますが……あの竜の王女は厄介ですね」

ユスティーナを敵に回すことは破滅を意味する。それは、セドリックの結末を見て十分に理解した。

しかし、アルトというおもちゃを手放したくない。もっともっと好き放題にいじめて、ストレス発散の道具として役に立ってもらいたい。

「さてと……どうしましょうか？」

「あなたの好きなようにすればいい」

突如、見知らぬ第三者の声が響いた。

「誰ですか⁉」

気がつけば、黒いローブを着た者が部屋にいた。

いつからいたのか、まったくわからない。

「失礼。驚かせてしまったみたいだな」

ローブの者は、もうしわけなさそうに頭を下げた。

男なのか女なのか、声だけではよくわからない。大きなローブを着ているせいで、体格から判別することもできない。

ただ、唯一、わかるところがある。

それは……悪意だ。

人のものとは思えないほど濃密な悪意を感じ取ることができた。それは目に見えるのではないか？　と錯覚してしまうほどで、圧すら感じてしまう。

ジャスは己を善人ではないと自覚している。どちらかというと悪人であることも自覚している。

だからこそ、ローブの者の悪意について、より鮮明に、より詳しく理解することができた。

軽く緊張しつつ、問いかける。

「……キミは何者ですか？　この私の部屋に無断で立ち入るとは、覚悟はできているのでしょうね？　ここで切り捨てられても文句は言えませんよ」

「私には協力者がそれなりにいるのでね。この部屋に立ち入ることもできた。そんな私の正体は……まあ、今は明かすことはできないが、あなたの味方である、ということは明言しておこう」

「私の味方……？」

「アルト・エステニア。そして、ユスティーナ・エルトセルク。この両名に、あなたは今、頭を悩ませている状況だな？」

「……」

「私ならば、あなたが望む最善の状況を用意できるだろう。あなたは賢い人だ。私の話を耳にしてもらえると、そう確信している」

「……いいでしょう」

ローブの者が誰なのか、ジャスは見当もつかない。

しかし、願いを叶えてくれるというのならば、話を聞いてもいいだろう……そう判断した。

全ては、己の欲を満たすために。

「聞かせてもらいますよ、キミの言う、私を満たしてくれるという話を」

「仰せの通りに」

アルトのクラスメイトのように、人は変わる。

しかし、ジャスのように変わらない者もいるのだった。

放課後。

寮の部屋に戻り、鞄(かばん)などを置いて……

「ふう」

疲れていることもあり、吐息をこぼしてしまう。

というのも、先日から再び竜の枷(かせ)をつけている。

ユスティーナのおかげで、ある程度強くなれたけれど、英雄の座にはまだまだ遠い。自惚(うぬぼ)れることなく、日々、鍛錬あるのみ。

なので、再び特訓をお願いして竜の枷をつけてもらった。今度は重力3倍。単純計算で前回の1・5倍の負荷が体にかかっている。

2倍に慣れてしまったので、さらなる成長を求めて3倍にしたが、これがきつい。2倍の時よりも疲労が溜まりやすく、ひどく体が重い。

「アルト、大丈夫?」

ユスティーナが心配そうに俺を見た。その目は、やっぱり3倍なんてやめておく? と言っているかのようだ。

「ああ、大丈夫……とは簡単に言えないが、がんばってみようと思う」

「うんうん、さすがアルト! ボクにできることがあれば、なんでも協力するからね」

「ありがとう」

ふと思う。

俺とユスティーナは同い年のはずなのに、なぜ、ユスティーナは年上っぽく振る舞うのだろうか? そういう年頃なのだろうか?

ただ、妙な包容力というか母性のようなものを感じるから、否定することができない。

むしろ、ユスティーナはそうあるべきと思ってしまうというか……

いかん。ちょっと混乱してきたぞ。

同い年なのに、年上っぽいところがあるユスティーナ。いったい、なにが影響してこうなっているのか?

「うん?」

コンコンと、部屋の扉をノックする音が響いた。

はいと返事をしてから入り口に向かう。

「よぉ」

「やっほー」

グランとジニーが手を振る。一度部屋に戻り着替えたらしく、二人共私服姿だ。

グランは白いシャツの上に、青の上着を羽織っている。サイズが合っていないのか、それとも合うサイズがないのか、今にも服が破れてしまいそうだ。

ジニーはパンツルックだ。活動的な印象があり、彼女のイメージによく合う。

「どうしたんだ、二人共？」

「あっ、ボク、わかったよ。兄妹で仲良くデートだね！」

「「ちがう!!」」

さすが双子、息がぴったりだ。

「アルトとエルトセルクさんは、今、ヒマか？」

「もしよかったら、遊びに行かない？」

「……」

「アルト、どうしたの？」

「いや……まさか、友達に遊びに誘われるなんてイベントを経験することになるなんて。そういうの、完全に諦めていたからな……」

「うぅ……アルト、かわいそう！　大丈夫だよ！　ボクがいるからね、ボクはアルトとずっと一緒だからね！」

「ふぐっ⁉」

妙な感情を誘発したらしく、ユスティーナに抱きしめられた。

胸が……！

ささやかだけど、ハッキリとした膨らみと柔らかさが……⁉

悶えていると、ユスティーナがハッとした様子で俺を離す。

「あっ、ごめんね、アルト。苦しかった？」

「い、いや……大丈夫だ」

ユスティーナに解放された俺は、顔が赤くなっていた。酸欠なのか別の要因なのか、追及はしないでほしい。

ただ二人にはお見通しらしく、グランとジニーはニヤニヤと笑っていた。

くっ……これは恥ずかしいな。

「それで、どうなんだ？　特に予定がないなら遊びに行かないか？」

「せっかくだから、一緒させてもらうか」

「そうこないとな！　エルトセルクさんも来るよな？」

「あ、うん。アルトが行くなら、ボクも一緒に行くよ」

「それじゃあ、準備をするからちょっとまっててくれ」

一度、扉を閉めた。

私服を手に取り、キッチンへ移動する。同じ場所で着替えるわけにはいかないから、いつもここで着替えている。

「ねえねえ、アルト」

「うん？」

部屋とキッチンを隔てる扉越しに、ユスティーナが声をかけてきた。

「大丈夫？　枷（かせ）があるから、辛（つら）いんじゃないの？　やっぱり外そうか？」

「確かに体は重いが……遊ぶくらいなら問題ないと思う。ありがとう、心配してくれて」

「大好きな人のことだもん。心配するのは当たり前」

「きついと言えばきついが、でも、だからこそ強くなれるんだと思う。それに、楽な特訓なんて意味がないからな」

「そっか。そんな風に言えるなんて、アルトは強いね。さすが、ボクが好きになった人だよ」

ユスティーナはいつものように好意をストレートにぶつけてきて、俺はそれに照れてしまうのであった。

学院では、生徒に小遣いが与えられる。竜騎士としての力を身につけるだけではなくて、自立心を養うため、という教育方針なのだ。

その小遣いがあるおかげで、こうして友達と遊びに行くこともできる。感謝だ。

「おまたせ」

「ボクたち、準備バッチリだよ！」

私服に着替えた後、財布を手にグランとジニーと合流した。

私服姿のユスティーナを見て、グランがだらしない顔になる。

「おぉ……エルトセルクさんの私服って、すごくかわいいな」

「ありがと」

にっこりと笑うユスティーナは、確かにかわいい格好をしていた。

ミニスカート姿はとても相性がいいのか、よく似合っている。ただ、ちょっとスカートが短すぎやしないだろうか？　と思ってしまう俺は、考えすぎなのだろうか？

ちなみに俺は、上下を黒で揃えたシンプルな格好だ。あまり服に金をかける方ではないので、どちらも安物である。

「うーん、でも……」

ユスティーナが、意味ありげな目でこちらを見る。

「そのセリフ、誰かの口からも聞きたいな？」

「アルト君、ほら」

ジニーに促されるまでもなく、ユスティーナが求めるところは理解していた……しているが、いざ実行に移すとなると妙に恥ずかしい。

ただ、がっかりさせるようなことはしたくない。

「……俺も、ユスティーナの私服はいいと思う」

「ホント!?」

「ウソなんて言わない。なんだ、その……かわいい」

「やった！　えへへっ、アルトにかわいいって言われちゃった。ボク、すごくうれしいかも！　えへ、えへへへぇ」

俺の言葉一つで笑顔になってくれるところが素直にかわいい。本当に、俺にはもったいない女の子だ。

もっとも、そんなことを思うのはともかく、口にするのはさすがに失礼なので心に秘めておくが。

「うしっ。じゃ、行くか」

グランが先導する形で、俺たちは街に出た。

住宅街を抜けて、色々な商店が並ぶ通りへ。

この通りは幅が広く、数台の馬車が並んで通れるほどで、今も忙しなく行き来している。

　そんな道の端に、ずらりと並んだ商店が。小物を扱うところ、日用品を扱うところ、雑貨を扱うところ……色々とあり、露店も混じっている。

　奥は飲食店だ。屋台を始めとして、色々な種類の飲食店が建ち並んでいる。見たことのない食べ物もあり、見ているだけでも楽しい。

「そういえば、今回の目的は？」

「ん？　特にねえぞ」

「そうなのか？」

「特に目的地は決めず、ふらふらと食べ歩きをする。これぞ放課後の正しい過ごし方ってものさ」

「兄さん、食べ歩きっていうと、あたしらが食いしんぼうみたいじゃない。食べ歩きだけじゃなくて、色々な商品も見て回る予定よ」

「そっか……楽しそうだな」

「ええ、楽しいわよ。こういうのは、みんなで回ると、何倍も楽しいからね」

　ジニーの笑顔につられ、俺も笑みを作る。

　久しぶりに友達と過ごす時間を、たくさん楽しみたいと思う。

「っと」

あれこれと話しながら歩いていたせいか、商人らしき男の人とぶつかってしまう。

「あっ、すまん！　悪いな、兄ちゃん」

「いえ、大したことないので気にせず。こちらこそすみません」

互いに頭を下げて謝罪した。

「ホントに悪いな。妙な連中に絡まれて、逃げてたから前を見てなかったんだ」

「妙な連中？」

「なんか、黒づくめでうさんくさい連中でな。外で絡まれたんだが、なんか、竜を排除しろとか狂ったことを言ってて……怖くなって逃げてたんだよ」

「そうですか。いざとなれば、憲兵隊に通報するといいですよ」

「おう、そうさせてもらうぜ。心配してくれてありがとな」

商人らしき男の人と手を振って別れた。

「それにしても……」

気になる話だ。

黒づくめでうさんくさい連中が、竜を排除しろと言っているらしい。このアルモートではありえない発言で、常軌を逸したとしか思えず……はて、どこかで聞いた話だな？

「ねえねえ！」

ユスティーナに呼びかけられて、思考が霧散してしまう。

「アルト、アルト！　はいっ、これ」

いつの間にか買ったらしく、ユスティーナはアイスクリームを手にしていた。

でも、なぜそれを俺に差し出す？

「これ、すごくおいしいよ！　アルトにも一口あげるね」

「いいのか？」

「うん！　おいしいものは好きな人と共有したいんだ」

ちょくちょく好きと言われるが、やはりアピールしているのだろうか？

そんなことを考えながら、アイスクリームを一口もらう。

「うん、うまいな」

「だよね、だよね？　アルトも買おう。それで、一口ずつ交換しよう」

「それもいいかもな」

「俺たちもやるか？」

「けっ」

「ひどくねえ!?　お前、妹だろ。兄を敬え」

「グランを敬うなんて、世界の終わりが来てもありえないわ」

「やっぱりひどくねえ!?」

「あははっ」

双子のやりとりに、俺とユスティーナは大きな声をあげて笑う。

こんなに楽しいのは久しぶりだ。

ユスティーナが傍にいると癒やされるのだけど、友達っていう感覚ではないから、こんなに軽い気分になることはない。

できることならば、これからもずっと。

そんな思いを抱くのだけど、夢というものは長続きしない。仮に夢が続いたとしても、それは、いつ悪夢に切り替わるかわからない。

「やあ、エステニアじゃありませんか」

にこにこと……気味が悪いほどの笑顔を浮かべて俺の前に現れたのは、ジャス・ラクスティン。セドリックの取り巻きの一人で、もう二度と会いたくないと思っていたヤツだ。

「……ジャス……」

きっと、今の俺はものすごく顔を歪めているだろう。あるいは、怯えているか。

どちらにしても、他の人に見られたくない顔をしているに違いない。

そんな俺を見たジャスは、仮面のような笑みを崩さない。以前ならば冷たく睨みつけて暴言をぶつけてきたのだけど、今はそんなことはない。どういうつもりなのだろうか？

「寂しいですね、そのような顔を向けられるなんて。色々とありましたが、私は、エステニアのことを友達だと思っていたのですよ」

「誤解されるのも仕方ありませんね。ですが、これは本心ですよ。私は、今でもあなたのことを大事な存在だと思っていますよ。ふふふ」

笑みは崩れていないが、悪意が目に見えそうなほどに膨れ上がっている。

やはり、こいつは敵だ。

「なによ、あんたは」

「アルトになにか用か？」

グランとジニーがジャスを睨みつけて、俺の前に立つ。かばわれているのだとわかり、こんな時ではあるがうれしくなる。

「私はエステニアの友達ですよ。いつも楽しく過ごしていましたよ」

「そうか、てめえ……セドリックの仲間だな？」

「悪いけど、アルト君はもうあんたらと関わる気はないの。帰ってくれる？」

「おや。これはおかしい。あなたたちも見て見ぬ振りをしていたはずなのに、いつの間にかエステニアの味方に？　何事もなかったように振る舞えるなんて、厚顔無恥というか、なかなかに素敵な性格をされているみたいですね」

「そ、それは……くっ」

「あたしらは……」

「あなたたちは私と同じですよ」

痛いところを突かれたというように、グランとジニーはたじろいで、言い返すことができずうつむいてしまう。

確かに、グランとジニーは見て見ぬ振りをしていた。

しかし。

「それは違う」

「アルト？」

「アルト君？」

「グランとジニーは友達だ。でも、ジャス……あんたは違う。ただの他人だ」

そこは、はっきりと断言することができた。

グランとジニーがジャスと同じ？

バカを言うな。この二人が、ジャスと同じであってたまるものか。

「くっ……エステニアごときが、この私にそのような口を……！」

一瞬、笑顔の仮面が剥がれかけた。

しかし、ジャスはすぐに冷静さを取り戻して、笑いながら言う。

「実は、少し話したいことがありましてね。そのために、あなたを探していたのですよ」

「……話っていうのは？」

「なに、他愛のない話ですよ」

ジャスはにこにこと笑いながら近づいてきた。

そっと顔を寄せて、俺にしか聞こえない声でつぶやく。

「……神竜を味方につけたからといって、調子に乗らないでくださいよ。忘れないでください。エステニア……あなたは、私たちのおもちゃなのですからね」

「っ……！　貴様……！」

「では、また」

ジャスは何事もなかったように俺から離れると、軽く一礼して立ち去る。

俺は、その背中を見送ることしかできない。

「ねえ、アルト……大丈夫？　青い顔をしているよ」

「……」

「アルト？　ねえ、アルト！」

「え？」

「もうっ、ボクの話、ちゃんと聞いてる？」

「すまん……ちょっと、ぼーっとしてた」

「むぅ」

ユスティーナは拗ねるような、それでいて俺を心配するような、そんな複雑な顔になった。

「今の男、だれ？」

「えっと……ジャス・ラクスティン。セドリックの取り巻き連中の一人だ」

「え!? あいつの取り巻きなんていたの!? ボク、知らなかったよ……」

「ユスティーナは遅れて入学したから、知らなくても無理はないさ」

「その……ジャス？　とかいうやつ、まだアルトに絡んでいるの？　そうだとしたら……ふっ、うふふふ……許せないなあ。ちょっと、おしおきしてこようかな？　というか、取り巻きっていうの、全部、滅してこようかな？」

「まてまてまて！」

ユスティーナが凄絶な表情を浮かべて、ポキポキと指を鳴らし始めたため、慌てて止める。

「確かにジャスはセドリックの取り巻きだが、一応、あれからなにもしていない。それなのに、こちらから手を出すというのは、さすがにどうかと……」

「でもでも、さっき、アルトになにか言っていたよね？　なんて言われたの？」

「それは……」

どう考えても宣戦布告だが、それをユスティーナに話したら鉄拳……いや、竜拳制裁が発動してしまう。

怪しいというだけで攻撃をしていたら、とんでもない暴君だ。

もちろん、ある程度、警戒する必要はあるが……

まだなにも起きていないし、今は様子見が一番だろう。

「いや、なんでもない。大したことじゃないさ」

「ウソだね」

ユスティーナが断言した。

思わずたじろいでしまう。

「どうして、そう思う？」

「ボクはアルトのことが好き。たくさん好き。だから、アルトの考えていることも、なんとなくわかるの」

なんだ、そのよくわからない三段論法は。

しかし、あながち外れていないから侮れない。

「エルトセルクさん、落ち着いて」

「ジニーまでボクを止めるつもりなの？」

「そういうことになるかなあ……」

「グランは!?」

「俺も、どっちかっていうとアルトの味方だな」

「ボクの味方が一人もいない！」

　ユスティーナが頭を抱えて叫んだ。

「アルト君の言う通り、あいつ、今はなにもしていないから。それなのに手を出せば、さすがにまずいことになると思うわ。まあ、エルトセルクさんに手を出せる人なんていないけど……でも、同族なら別でしょう？　なにもしていない人を攻撃した、って父親や母親が知ったら、普通、怒られるんじゃない？」

「うっ……それは確かに……」

「アルトのためとはいえ、暴走するのはどうかと思うぞ。まあ……なにもしてこなかった俺たちよりは、何倍もマシだけどな。はは」

　グランが自虐的な笑みをこぼして、そう話をまとめた。

「……わかったよ。今はなにもしない」

　二人に説得される形で、ユスティーナはおとなしくしてくれた。

「でも、保険はかけておかないとね」

「保険？　なんのことだ？」

「ううん、なんでもない。それよりも、これからどうする？」

　一瞬、あくどいことを考えていたみたいだが、すぐにいつものユスティーナに戻る。

　そして、にっこり笑顔に。

「なんか邪魔が入っちゃったけど……ボクとしては、まだまだ遊びたい気分かな？　ねっ、アルト」

「ああ、そうだな。気を取り直して、続きといくか」

「そうしましょ。グランがおいしいものをおごってくれるみたいだから」

「おいっ、なんでそんな話になるんだよ⁉」

「主催者なんだから、ちょっとは身銭を切りなさい」

「無茶苦茶言うな……くそっ、仕方ねえな。軽いもんならおごってやるよ」

「ごちになります♪」

「ジニーにはおごらねえよ！　てめえはもてなす側だろうが！　俺と同じだよな⁉」

「あーあー、聞こえませーん」

「あはは っ、グランもジニーもおもしろいね」

ユスティーナの笑顔が伝わり、俺たちみんなが笑う。

この学院で手に入れた、初めての安らげる場所……大事にしたいと思う。

全てユスティーナのおかげだけど、彼女に助けられるばかりじゃなくて、自分で守れるようにならないといけない。

そのためにも、体だけではなくて心も強くならないと。

◇

寮の部屋に戻ったジャスは、一人、今後のことを考えていた。

「あれがエステニアの友達ですか……」

グランとジニーのことを思い返す。

ユスティーナがいるため気軽に近づくことはできず、噂でしか聞いていないが、アルトはクラスメイトたちと和解したらしい。さらに友達を作り、学生生活を謳歌していると聞いた。

その象徴がグランとジニーだろう。二人のことはジャスも知っていた。二人共、目立つわけではないが成績は優秀で、人望も厚く、色々な人に慕われているという。

「そんな双子を味方につけることに成功して、さぞ浮かれていることでしょうね。まったく、忌々しい」

舌打ち。

アルトが幸せだと思うと、無性に腹が立つ。

アルトは学院で最底辺の存在だ。そんな劣等種が幸せそうにしていると、プライドを傷つけられているような気がして、イライラとしてしまう。

完全な八つ当たりであり、理不尽極まりない理由ではあるが、ジャスは己が間違っていると破思わない。

基本、いじめっ子というものはそういうものだ。他人の気持ちを考えられない、性格破綻者とも言える。

「エルトセルクに手を出すことはできない……ならば、あの女の知らないところで、バレないようにうまくやればいいですね。そのためには……あのローブの者の言う通り、双子は使えそうですね」

暗い笑みを浮かべながら、ジャスは頭の中でとある計画を組み立てていった。

ジャスと遭遇して1週間が経った。

なにかされるかもと警戒していたが、特に何事もなくて……杞憂だったのかもしれない。

さらに数日が過ぎて、俺とユスティーナは、いつものように一緒に登校していつものように授業を受けていた。

そんなある日のことだ。

「はい。それでは、今日は飛翔訓練を行います」

体操服に着替えてグラウンドに集合すると、先生がそんなことを言う。

先週、クラスメイト全員が騎乗訓練を無事に終えた。

今日からは新しい訓練……竜に乗り空を飛ぶ、飛翔訓練が行われる。竜と一緒に空を飛ぶことは誰もが憧れる瞬間であり、当然のようにテンションが高くなる。

クラスメイトたちはわくわくした様子だ。グランとジニーも落ち着きがなく、目を輝かせている。たぶん、俺も似たような顔になっていると思う。

そんな俺たちの気を引き締めるように、先生は、まずはしっかりと講義をする。

「竜は人に力を貸してくれます。その力をもって、他国からの侵略に打ち勝ったことがあります。さらにその昔は、世界規模の災厄に立ち向かったこともあります。しかし、竜に頼りっぱなしではいけません。私たち人も、彼らと一緒に空を飛ぶことで……」

「ねえねえ、アルト」

ただ一人、先生の話を聞くことなく、ユスティーナはマイペースを保っていた。こっそりと、バレないように俺に問いかけてくる。

「みんな、どうしてはしゃいでいるの？」

「ここにいるみんな、飛翔訓練なんて初めてだからな。空を飛ぶことに憧れているんだよ」

「ふーん、そうなんだ。アルトも楽しみなの？」

「そうだな。すごく楽しみにしているよ」

「空を飛ぶなんて、言ってくれればいつでも体験させてあげたのに。うーん。でも、そんなにはしゃぐようなことかな？」

簡単に空を飛べるユスティーナはピンとこないらしく、不思議そうに小首を傾げていた。そんな彼女に、反対側にいるジニーが、やはりこっそりと言う。

「ちっちっち、エルトセルクさんはわかってないなあ。騎士と竜が一緒に空を飛ぶ。それはすなわち……二人の共同作業！」

「共同!?」

共同という単語に、ユスティーナが大きく食いついた。

「騎士と竜の間に信頼関係がなければ、空を飛ぶことは叶わない。共同作業でありながら、二人の絆が確かめられるのよ。いわば、愛の試練！」

「愛!?」

「というわけだから、全力で挑まないとダメよ。ここで、できる竜ってことをしっかりとアピールして、アルト君の心を鷲掴みにしないと」

「うんっ！　ボク、がんばるよっ！」

少し前に知ったことだけど、ジニーはユスティーナの恋愛相談に乗っているらしい。おかげで、最近の二人の仲は良好だ。

俺の攻略についてはおいておいて、仲が良いことは好ましい。

「アルト。調子はどうだ？　自信はあるか？」

後ろのグランまで話しかけてきた。

「特に問題はないと思う」

今も竜の枷(かせ)はつけているが、それなりの日数が経(た)っているため、そろそろ3倍の重力にも慣れてきた。多少の不自由さは感じるが、日常に問題はない。

この調子なら、訓練も普通に行えるだろう。

「初めての飛翔訓練だからな。今日はがんばろうぜ」

「ああ、そうだな。すごく楽しみだ」

「それでは、ただいまより飛翔訓練を始めます」

先生の声が響いて、俺たちは所定の位置へ。

騎乗訓練の時は竜が二匹だったけれど、今日は三匹だ。飛翔訓練は難しい上に、習得に時間がかかるため、竜の数を増やして対応しているのだろう。

そんな三匹の隣に、竜形態のユスティーナが並んでいた。

いつの間に変身して、待機したのだろうか？　仕事が早い。

「アルト、早く訓練を始めよう」

準備万端というように、ユスティーナが翼をバサバサと羽ばたかせた。

俺以外を乗せることを拒んでいるため、実質、俺専用だ。

神竜バハムートを……しかも、竜の王女を騎竜にするなんて恐れ多いが、その辺りはもう深く考えないことにした。拒否しようとすると捨てられた子犬のような顔をするため、断ることができないという理由もあるが。

今は、素直にユスティーナの好意に甘えることにしよう。そしていつか、これらの恩を返していこうと思う。

「おっ、アルトと一緒か」

「よろしくね、アルト君。エルトセルクさん」

グランとジニーが最初らしく、それぞれ竜の背中に乗る。それともう一人、男子生徒が竜に乗る。

最後に俺がユスティーナの背に乗り……準備完了。

「飛翔するための方法は、数日前から座学で教えていた通りです。本番だからといって焦ることなく、落ち着いて、しっかりとやりましょう。そうすれば、竜はあなたたちに応えてくれます。では……はじめ！」

先生の合図で、ユスティーナの顔につけられている手綱を引く。さすがに飛翔訓練は器具なしでは無理なので、事前に用意しておいた。

グランとジニー、もう一人の男子生徒も同じように手綱に力を込める。

それぞれの竜が鳴いて、翼を大きく広げると一斉に空へ。

「うわっ、うわわわ!?」

軽く空を飛んだところで男子生徒の竜が暴れ出して、振り落とされそうになっていた。

手綱の力加減を誤るなどのミスがあったらしく、竜が言うことを聞いていない。

ただ、それも仕方ない。

飛翔訓練は、騎乗訓練の何倍も難しい。ただ背に乗るだけではなくて、竜に言うことを聞かせなければいけないのだ。手順を一つも間違えることなく、なおかつ、竜の信頼を裏切らないように毅然とした態度を示さなければいけない。

その難易度はかなりのもので、失敗する確率は5割を超えるという。

「よしっ、いいぞ！　その調子だ！」

「うんうん、いい子ね。もっとがんばってちょうだい！」

さすがというべきか、グランとジニーは巧みに竜を操り、安定した飛行を見せていた。

今のところ竜はおとなしくしていて、暴れる様子はない。

そして、俺はというと……

「いっくよー、アルト！」

「うお!?」

ユスティーナが一気に上昇して、一瞬で空高くに舞い上がった。

手綱を握っているのは俺だけど、そんなものでユスティーナをコントロールできるわけがない。彼女は彼女の思うがまま、自由に空を飛ぶ。

しかし、これでは訓練にならない。相手がユスティーナでも……いや、彼女だからこそ、きちんとコントロールしなければ。

「ユスティーナ、落ち着け。いきなり、そんなに派手に飛び回るな」

「えー、なんで？　これ、飛翔訓練なんだよね？　なら、びゅわーってあちこち飛び回った方がよくない？　あっ、もちろん、アルトはちゃんと背中に乗せるよ。落ちないように気をつけてね」

「それじゃあ意味がないんだよ。あー……ほら、ジニーも言っていただろう？　騎士と竜の共同作業だ、って。ユスティーナが勝手に飛び回るんじゃなくて、俺の意思も合わせて……二人で一緒に空を飛ぶぞ」

「……一緒に……」

その言葉は、ユスティーナの心に響いたらしい。

その場で滞空して、落ち着きを取り戻した。

「いくぞ、ユスティーナ」

「うんっ！」

手綱を操り、その力加減などで飛ぶ方向や速度などを指示すると、ユスティーナはそれに従い翼を羽ばたかせた。上昇、下降。右に旋回した後、今度は左へ旋回。急停止……後ろに反転、という荒業にも挑戦してみる。

いずれもユスティーナは俺に応えてくれた。そんな彼女に笑いかけて、ぽんぽんと背中を撫でる。

「ありがとう、ユスティーナ」

「ふぇ？　なんでお礼を言うの？」

「俺のために、きちんとやってくれているんだろう？」

「ううん、そんなことないよ。アルトの指示が的確で、なおかつ、嫌なものじゃないから……だから、ちゃんと飛ぶことができるんだよ。ちょっとでも嫌だったりしたら、ボク、混乱してうまく飛べないと思うし……アルトの腕がいい証拠だと思うよ」

「そんなことはないと思うが……」

「そんなことあるんだよ」

隣の方から声が聞こえた。

見ると、竜に乗ったグランがゆっくりと近づいてきた。

「いくらエルトセルクさんが騎竜だとしても……おっと……いきなり、あんな自由自在に飛ぶなんてことできないからな」

「そうそう。あれだけできるのは、純粋にアルト君の才能だと思うわ」

続けてジニーも現れた。グランよりは安定しているらしく、多少の余裕を感じられた。

「アルト君は、竜の気持ちを理解できるんじゃないかしら？　心に寄り添うことができる、っていうか……そういうところ、すごいと思うわ」

「うんうんっ、二人共わかってるねー！　アルトって、そういうところがあるよね。だからボクも、大好きなんだ！」

「……持ち上げないでくれ。俺は、大したことはない」

「くふふ、アルト、照れてる？」

「照れてない」

「もう、否定しなくてもいいのに。照れるアルトもかわいいよ」

「うぐ……」

ちょくちょく、ユスティーナはマウントを取りたがるんだよな。お姉さん気質なのだろうか？

「さて……そろそろ戻るか。時間だ」

飛翔訓練は、一人15分だ。これ以上独占してしまうと、他の生徒の訓練時間がなくなってしまうため、そろそろ戻らないといけない。

グランとジニーも頷(うなず)いて、それぞれ手綱を……

「えっ⁉」

ジニーの驚きの声。

何事かと見てみると、彼女が乗る竜の翼が一部、切れていた。

「ジニー⁉」

「きゃっ⁉　ま、まって……落ち着いて！」

ジニーが必死に竜をなだめようとするが、その声は届かない。

傷つけられたことで竜は興奮状態に陥っていて、痛みに悶（もだ）えて暴れ回る。

「ジニー！」

「ちょっと、落ち着きなよ！」

俺とユスティーナも必死に呼びかけるが、竜は暴れたままだ。めちゃくちゃな飛び方をしているため、どんどん浮力が失われていく。

ほどなくして、ジニーを乗せた竜は逆さまに。

地上にいる先生やクラスメイトたちの悲鳴が聞こえた。

「ユスティーナ、いけるか⁉」

「もちろんっ！」

手綱を引くとユスティーナの巨体が急加速して、落下するジニーたちに追いつく。

「俺はジニーを！　ユスティーナは竜を！」

「了解！」

落下中……タイミングを見極めて、ユスティーナの背を蹴り宙に躍り出た。そのまま暴れる竜の背中に着地。ジニーを抱き上げ、即座に離脱する。

「アルト君⁉」

「大丈夫だ！」

離脱する前に方向は確認しているから、大丈夫だ。

俺はジニーを抱えたまま、校舎の方へ落ちていく。以前の俺なら、まず不可能だっただろうが、ユスティーナに鍛えられた今なら問題ないはずだ。

「はぁっ！！！」

ジニーを抱えたまま、訓練用の槍を背中から抜いて、それを校舎の壁に勢いよく突き立てた。

ガガガガガッ！　と壁が削れ、落下速度が落ちる。

腕にものすごい負荷がかかり、かなりの痛みが走る。それでも槍を離すことはない。そのうち槍が負荷に耐えられなくなり、半ばから折れた。

しかし、落下の勢いは大幅に減衰させることに成功。

3階ほどの高さから落ちたが、木の枝にあえてぶつかりさらに勢いを殺して、植え込みをクッションにして落ちた。

「ぐっ！」

さすがに完全に勢いを殺すことはできず、体のあちこちに鈍い痛みが走る。ただ、打撲程度で、骨折ということはなさそうだ。

「ジニー、大丈夫か？」

「え、ええ……なんとか」

幸いというか、腕の中のジニーに怪我はないみたいだ。もっとも、見た目だけで判断はできないから、完全に安心はできないが。

「ユスティーナは……!?」

慌てて視線を走らせると、グラウンドの中央にユスティーナの姿が見えた。猫がやるように、落下した竜を甘噛みして持ち上げつつ、ホバリングしている。

きっちりと助けることができたらしい。

距離は離れているが、俺とユスティーナは目を合わせて、やったね、と視線で互いの無事を喜ぶのだった。

あれだけの事故が起きたため、当然のことながら飛翔訓練は中止になった。

俺とジニーは保健室送りに。

ジニーは竜が暴れた時に、かすり傷を負った程度で済んだため、すぐに治療することができた。女の子なので、傷跡が残らなくてよかったと思う。

一方の俺は、体のあちこちに打撲を負う結果になる……まあ、あれだけの無茶をして打撲だけで済んだのは奇跡かもしれない。

ユスティーナの特訓のおかげで体が鍛えられて、そのおかげで軽傷で済んだのだろう。

「アルト君、本当にごめん……」

保健室を出ると、先に戻ったはずのジニーがいた。いつもの元気はなくて、しょんぼりとしている。

「あたしのせいで、アルト君に怪我を……」

「ジニーのせいなんかじゃないさ。事故なんだから、気にすることはない」

「でも……」

どうしても気にしてしまうらしく、ジニーは心配そうな顔でこちらを見た。

「ねえ、あたしにできることはない？　せめてもの償いというか……このままなにもしないで、じっとしてることなんてできそうになくて」

「……ジニーは優しいな」

「へ？」

「事故だから気にする必要はないんだが、こんなに俺のことを気にかけてくれて……そういうの、素直にうれしいと思う。ありがとう」

「え、あ、いや……そ、そりゃあ、まあ……うん……どう、いたしまして？」

ジニーがしどろもどろになり、赤くなった。照れているのだろうか？　ジニーの照れ顔なんてものを見るのは、なにげに初めてだから新鮮だ。

双子の兄であるグランに対して、いつも一歩も引くことなく、勝ち気で強気。そんなジニーだけど、今は年相応の女の子らしい。

これがギャップ萌えというヤツだろうか？　なんて、バカなことを考えてしまう。

「も、もうっ。変なことを言わないでよ。照れちゃうじゃない……」

「やっぱり、照れていたのか。照れているといつもと違ってかわいらしくて新鮮だな」

「か、かわっ……もう、またそういうことを言うし。っていうか、それじゃあ、普段のあたしはかわいくないってことかしら？」

「うっ……そ、そんなことはないが……すまん、言葉のアヤというやつだ」

「ふふっ、アルト君は女の子の扱いはまだまだだね」

「……精進したいとは思っている」

「うんうん、がんばれがんばれ」

一瞬にして立場が逆転してしまった。さすがジニー、というべきか。

「じぃー……」

「うわっ!?」

気がつけば、どこからか現れたユスティーナが、ジト目でこちらを見ていた。

なんていうか……ものすごい顔をしているな。視線に力があるのならば、俺は押しつぶされているかもしれない。

「アルトが浮気してる……ボクというものがありながら……うぅ、うううぅぅーーー」

「ちょ……ち、違うからね!? あたしとアルト君は、別にそういうわけじゃないし……エルトセルクさんの勘違いだから!」

「……などと、被告人は供述しており」

「被告人!?」

「むううぅっ」

ユスティーナは子供のように膨れていた。どこからどう見ても嫉妬している。

彼女のこういうところは初めて見る。ちょっと失礼かもしれないが、新鮮な気分だった。また一つ、ユスティーナのことを知ることができたと思う。

「エルトセルクさん、あたし、本当にそういうつもりはないから!? 本当だから! アルト君のこと、男として見たことなんて一度も……な、ないわよ!?」

「今、口ごもったよね……？」

「そ、それは……だって、仕方ないじゃない！　あんな風に助けてくれたら、そりゃあ、少しはときめいちゃうっていうか……ああっ!?　あたしはなに自爆してるのよ!?」

ジニーが困ったように叫びながら、ガンガンガンと壁に頭をぶつけた。

壊れた……？

「おいおい、こんな廊下でなにやってるんだよ、お前ら」

今度はグランが現れた。廊下のど真ん中でああだこうだと騒いでいる俺たちを見て、呆（あき）れているらしい。

よくよく見れば、他の生徒の姿も遠くにある。今は休み時間なのだろう。何事かと、チラチラとこちらに視線を向けている。

「話を続けるなら、とりあえず場所を移そうぜ。俺からも、アルトたちに話しておきたいことがあるんだ」

「わかった」

グランの話しておきたいこと、というのは見当がつかないが、特に断る理由もないため中庭へ移動した。

中庭の中央には池があり、それらを取り囲むように、たくさんの木々が植えられている。合間にベンチが置かれていて、屋上と同じく、ここも生徒たちの憩いの場として活用されていた。

ただ、景色の良い屋上の方が人気なので、中庭を利用する人は少ない。

「今は俺ら以外に誰もいないし……よし。ここなら誰にも聞かれることはないか」

グランの話とやらは、多くの人に広まるとまずいものらしい。そのためなのか周囲を気にしていた。

「それで、話っていうのは？」

「もちろん、アルトとジニーの関係についてだよね⁉　双子の妹が寝取り展開を希望していることについて、兄として止める義務が……はぐぅ⁉」

俺はここぞとばかりに言葉を並べ立てるユスティーナの口をふさいだ。

「ユスティーナ……すまない。話が進まないから、少し口を閉じていてくれ」

「むううう……」

ユスティーナは不満そうにしていたが、とりあえず、おとなしくしてくれた。熱くなりすぎていると、自覚はしているらしい。

グランに話の続きを目で促す。

彼は小さく頷いて、声を潜めて言う。

「これはオフレコで頼む。ちゃんと聞いたわけじゃなくて、たまたま聞こえたものだからな」

事故の後……グランはまず、ユスティーナの様子を見に行ったらしい。俺の方はジニーがいるから、後回しにしても問題ないだろう、という判断らしい。

当時、ユスティーナは竜舎にいた。怪我はなかったけれど、念の為に検査をしておこうということになったらしい。そういうわけで、グランは竜舎に足を運んだのだけど、そこで教師と治癒師の話を偶然聞いてしまったらしい。

その内容というのが……

「アレは……事故じゃなくて事件かもしれねえ」

「え!? それ、どういうことなの？」

グランの話を聞いて、ユスティーナが真面目な顔になった。さすがに、俺とジニーの関係を疑っている場合じゃないと思ったのだろう。

「確かなことは言えないんだけどな。俺も、こっそりと盗み聞きしただけだから」

「それでもいいから教えて」

「ああ、わかったよ」

念には念を入れて、グランはもう一度周囲を見て、誰もいないことを確認した後、さらに声を潜めて言う。

俺たちも自然と身を前に乗り出して、顔を近づけた。

「ジニーが乗っていた竜、翼が傷ついていただろう？ あれ、なにかがぶつかったとかそういう事故じゃなくて、人為的な可能性が高いらしいぜ」

「まさか……」

「驚く気持ちはわかるけどな。でも、逆に納得しないか？ あんな上空で事故なんて、そうそう起きるもんじゃない。誰かの仕業って考えた方がわかりやすい」

「確かに……」

「でも、兄さん、どうやって竜を傷つけるの？　翼だとしても、相当に頑丈よ？」

「現場を調べたところ、特殊な合金で作られた矢が見つかったらしい。そういう証拠があるからこそ、事件性があるかもしれないって疑われているんだよ」

「……犯人についてはどうなんだ？」

「それはなんとも。そもそも、可能性があるって話だけで、まだ事故か事件か判断がついていない状況だからな。まあ、俺は事件を疑ってるけどな」

　思いがけない情報がもたらされて、皆、言葉を失ってしまう。飛翔訓練中に狙われるなんて、洒落じゃ済まない。下手したら、ジニーは命を落としていた。

　それに竜を攻撃するなんてことをしたら、後でどうなるか。同盟関係にある竜を攻撃するということは、国に弓引く行為と同等だ。そんなことを本当に実行してしまうなんて……もしも犯人がいるとしたら、かなり危うい相手なのかもしれない。

　後先を考えないような、セドリックに近いところがあると感じた。

「むぅ」

　同じことを考えているらしく、ユスティーナも難しい顔をしていた。仲間が傷つけられたとなれば、彼女も黙ってはいられないだろう。

「ひとまず、俺が今話せる情報はこれくらいだ。考えすぎならいいんだが……万が一、ってこともある。ちょっと注意することにしようぜ」

「ああ、そうだな」

グランの言葉に異論なんてものはない。みんな、しっかりと頷(うなず)くのだった。

中庭で話をするアルトたちを遠くから見る者が。
ジャス・ラクスティンだ。ニヤニヤと楽しそうな笑みを顔に張り付けながら、じっとアルトたちを見ている。
「ふむ、ふむ……ここ最近、観察してわかりましたが……やはり、エステニアはあの双子を大事にしているみたいですね。神竜に手を出すことはできませんが、あの双子をうまく利用すれば……ふふふっ、楽しいことになりそうですね」
ジャスは楽しそうに、本当に楽しそうに笑っていた。

8章　暗躍

事故……あるいは事件が起きたために、午前の授業は全て潰れた。教師たちは対応に追われて、俺たち生徒は自主学習をすることに。

ほどなくして混乱は収まり、午後は普通に授業が行われた。

午後の最初の授業は体育。

今日は持久走ではなくて、ボールを使ったスポーツだ。10人対10人で、広大なコートを駆け回り、ボールを投げてパスなどを回していく。そして、相手のゴールにボールを投げて、見事に叩(たた)き込むことができれば1点。合計点数の高い方が勝ち、というシンプルなもの。

内容はシンプルだけど、意外と体力を使う。常にコートを駆け回らないといけないし、ボールを手にしたら常に周囲を警戒して、現状を瞬時に分析する必要がある。

体力だけではなくて、咄嗟(とっさ)の状況判断能力も鍛えられるという、なかなかに考えられた授業内容だ。

「アルトー！　見てみてー！」

コートの中では、ユスティーナがあちらこちらを駆け回っていた。グランとジニーが必死になって追いかけているのだけど、あまりにも速いものだから、味方である二人も追いつかないらしい。

ちなみに俺は休憩中だ。コートは一つしかないため、交代で対戦が行われている。

「えへへー、アルトの前だからかっこいいところを見せないとね！　いっくよー！　バハムートシュート！！」

「ぎゃあああああ!?」

ユスティーナがとんでもない勢いでボールを投げた。ボールをキャッチしようとした生徒が、悲鳴をあげてお星さまに……もとい、勢いよく吹き飛ばされる。

なんというか……一人だけ違うスポーツをしているみたいだな。あれ、大丈夫なのだろうか？

「こんにちは。隣、いいですか？」

「……ジャス……」

のんびりとユスティーナたちの試合を観戦していると、どこからともなくジャスが現れた。他クラスとの合同授業のため、今日はヤツもいたらしい。

俺がなにか言うよりも先に、勝手に隣へ座る。

「……なにか用か？」

「ええ、もちろん。でなければ、エステニアなどに声をかけるわけがないでしょう?」

冷たい表情でジャスが言う。

こいつは……なにも変わらない。セドリックがいた頃と変わらず、俺をおもちゃとしてしか見ていない。

「最近、ストレスが溜まりやすいんですよ」

「なんの話だ?」

「いえね、今まで大事にしてきたおもちゃが、急に手元からなくなってしまいまして……そのせいでストレスを発散することができず、苛々していているんですよ」

「……そのおもちゃっていうのは、俺のことか?」

「ええ、もちろん。よくわかりましたね」

「前に、そう言っていただろう」

ジャスは笑っていた。

敵意をたっぷり含ませた、歪な笑みを浮かべていた。

その敵意を隠すことなく俺にぶつけ、話をする。

「また私と一緒に遊んでくれませんか?　たっぷりとかわいがってあげますよ」

「……っ……」

ジャスにいじめられていた嫌な記憶が蘇る。トラウマというものはなかなか振り払うことができない。振り切ったつもりでいたけれど、でも、まだ意識していたらしい。

前回、街でジャスと出会った時のように、情けなくも体が震えてしまうけれど……それに屈することは、決してしない。

俺は、ユスティーナの隣に立てるように、強くなると決めたのだから。

「断る」

「……ほう」

「もうお前のような連中の言うことは聞かない。俺に構うな、放っておいてくれ」

「神竜がいるからと、調子に乗っているみたいですね。男として、それでいいのですか？　女に頼り切りで、恥ずかしいと思わないのですか？」

「なにが言いたい？」

「勝負をしませんか？」

「勝負？」

「今度の実技訓練で、私と対戦しましょう。そこで、白黒をハッキリとさせる。もちろん、あの竜が関わることは禁止します。これは、私とエステニアの勝負ですからね」

「……」

「どうですか？　悪くない提案だと思いますが……ああ、そうそう。景品の話をしていませんでしたね。もしも私が負けた場合は、金輪際、エステニアに関わらないと誓いましょう。学院を辞めても構いません。ただし、私が勝利したら……ずっと、私のおもちゃになってもらいますよ」

「断る」

「おや？　断るのですか？」

「ジャスの話に乗るメリットがない。お前のことだから、負けたら話を反故にする可能性があるからな」

　俺が断ることを、あらかじめ想定していたのだろう。ジャスは慌てることなく、むしろ、たっぷりの余裕を持って話を続ける。

「断らない方がいいですよ。そうした場合、あなたの周りに不幸が起きるかもしれない」

「なんだと？」

「聞けば、クラスメイトが飛翔訓練中に事故に遭ったみたいですね。なんて恐ろしい。もしかしたら、そのようなことがこれからも起きるかもしれませんね」

「まさか、お前……」

　こいつの仕業か！

　俺を脅して、退路を断つためだけに、ジニーを危険な目に遭わせるなんて……ふざけたヤツだ。

　怒りに任せて殴りつけたくなるが、ぐっと我慢した。証拠がないため、そんなことをしたら、こちらが非難される側になってしまう。

「さて……どうしますか？」

「……わかった。その勝負、受けよう」

「賢明な判断です」

「約束は守れよ。俺が勝った場合、その顔、二度と見せるな。それと……勝負は受けるわけだから、絶対にみんなに手を出すな」

「ええ、もちろん。エステニアも私の約束を忘れないように」

「わかっている」

「では、詳細は後ほど。くくく……楽しみですね」

こんなヤツに負けるわけにはいかない、必ず勝ってみせる。

俺は強い決意を宿して、闘志を燃やすのだった。

「……と、いうわけなんだ」

放課後。話が他に漏れないように、寮の部屋にグランとジニーを招いて、勝負の話をした。

もちろん、この場にユスティーナもいる。

彼女はふんふんと話を聞くと……

「うん、わかったよ。それじゃあ、ちょっと行ってくるね」

「待て。どこへ？」

「もちろん、そのジャスとかいうやつを焼き払いに♪」

かわいい顔とかわいい声で、恐ろしいことを言わないでほしい。

「今回は俺に任せてくれないか？」

「えー、でも……」

「ユスティーナが俺のことを考えてくれるのはうれしい。でも、いつまでも頼ってばかりじゃダメなんだ。俺は強くなりたい」

「アルト……でも、それは」

「それと、ユスティーナには他のことを頼みたい」

「他のこと？」

「グランとジニーの周囲を警戒してくれないか？」

ヤツはとぼけていたが、十中八九、飛翔訓練の事故はジャスの仕業によるものだろう。あらかじめ人を雇い、グラウンドの近くに潜ませておいて……タイミングを見計らい、竜の翼を傷つけて事故を発生させた。そんなところだと思う。

ジャスは俺の退路を断つために、ジニーを狙い、それを脅しの材料とした。

勝負までの間に……また、勝負の最中に同じことが起きないとも限らない。それを防ぐために、ユスティーナは二人を守ってほしい。

そんな話をすると、グランが激昂する。

「なんだよっ、それ！　あれがラクスティンの仕業だってのか！」

「証拠はないけどな。たぶん、うまい具合にやっているんだろう」

「でも、完全犯罪なんて難しいし、ちゃんと調査をすればラクスティンの犯行っていうことを突き止められるんじゃない？　あるいは、エルトセルクさんが声をあげてもいいし……どちらにしろ、そうすれば勝負をするまでもなく、ラクスティンを追放できると思うんだけど」

ジニーの言うことはもっともだ。時間はかかるかもしれないが、学院から追放できると思う。

ただ、判決が下るまでに、ジャスが再びやらかさないという保証はない。うまく追放できたとしても、後々、逆恨みで事件を起こすかもしれない。

そうならないように、俺自身がヤツと戦わないといけないのだ。徹底的に叩きのめして、もうコイツに関わるのはごめんだ、という敗北意識を刻みつけないといけない。

「俺は、ジャスが許せない。ジニーを……友達を傷つけたジャスを許せない。だから、これは私怨による決闘だ。正しい方法とか理屈とか関係なしに、ジャスと戦いたい。ここで引き下がるわけにはいかないんだ」

ユスティーナの力を借りれば、ジャスを潰すことは簡単だ。後腐れなく、一切の問題もなく、この事件を解決できるだろう。

しかし、彼女になにもかも甘えるわけにはいかない。

友達が傷つけられて、そのために立ち上がることもしないなんて……それは、男としてダメだろう？

これは俺の戦いなのだ。

「うんっ、アルトの気持ちはわかったよ！　友達のために自分の力で戦う……それでこそ、ボクが好きになった男の子だよ。すごくかっこいいと思うな」

ユスティーナは、いざという時は動くつもりなのだろうが……ありがたいことに、ひとまずこの件を俺に預けてくれる気になったみたいだ。

彼女の手を煩わせることのないようにしないといけない、がんばろう。

「そういうことなら、同じ男としてアルトのことは止められねえな」

「あたしが言うことじゃないけど、あたしの仇（かたき）、とってね！」

「ホントにジニーが言うことじゃねえな」

「うっさい、バカ兄さん」

「ぐはっ⁉」

ジニーのチョップがグランの喉に突き刺さる。

いいところにヒットしたらしく、涙目で大きく咳き込んでいた。大丈夫だろうか……？

「ごほっ、ごほっ……しかし、ラクスティンが相手か」

グランが難しい顔になる。

「俺も詳しくは知らねえが、ラクスティンって、学院で上位の成績優秀者だよな？　座学も実技もトップ10入りしてなかったか？」

「うん、それは間違いないわ。あたしも、どこかで見た覚えがあるもの」

「確か……5位だよな？　うん、話してるうちにだんだん思い出してきたぞ」

「アルト君は11位だから……普通に考えると厳しいわね」

ジニーも眉をひそめた。

ただ、ユスティーナは笑顔のままだ。

「厳しいなんて、そんなことはないんじゃないかな？　試験のアルトの実力、見たでしょ？」

「相手を思い切り吹き飛ばしてたよな……アルトって、実は無茶苦茶強かったのか？」

「ランク外だったから、対戦相手の組み合わせ次第では、あまりポイントを稼ぐこともできないし……実は11位以上の力がある、っていうこと？」

「うん。ボクはそう考えているよ。この学院にどんな実力者がいるのか、それはよくわからないけど……ラクスティンっていうのよりは、間違いなくアルトの方が強いと思うよ」

俺のことを強いというが、そんなことはない。

ユスティーナに鍛えられたおかげで、確かに、身体能力は上昇した。自分でいうのもなんだけど、かなりのところに到達していると思う。

ただ、それだけなのだ。身体能力がすごいというだけで、戦闘技術は一切上昇していない。

そこらの無名の相手ならば、身体能力だけで力押しできるだろう。しかし、学院5位のジャスが相手となると話は別だ。

技術は時に力を上回る。無策で挑めば、撃退される可能性が高いだろう。

というか……以前にそういうことをユスティーナ本人から言われて、増長しないように、と釘を刺されていたのだが。そのことを忘れているのだろうか？

評価してくれるのはうれしいが、ユスティーナの場合、俺を過大評価する傾向にあるな。

「次の実技訓練は3日後……それまでに、なんとかしないといけない。だから……グラン、ジニー。そして、ユスティーナ。俺の特訓に付き合ってくれないか？」

「おう、いいぜ」

「あたしでよければ」

「もちろんだよ！」

三人とも即答だった。ユスティーナは応えてくれると思っていたが……グランとジニーも、迷うことなく頷いてくれた。

言ってみれば、これは俺のわがまま。戦う以外の解決方法があるし、そうした方が簡単で手っ取り早い。

しかし、それではダメなのだ。助けてもらってばかりじゃなくて、自分の手で乗り越えないといけない。

いや、特訓に付き合ってほしいなど、結局助けてもらっているのだが……それでも、最後は自分の手で立ち向かわないといけない時がある。ジャスの件は、自分自身で乗り越えないと、俺は先に進めなくなる。そう思っていた。

「いいのか……？　俺のわがままに付き合ってもらうなんて……」

「なに言ってるんだよ」

グランが呆れたような、それでいて笑みを浮かべて言う。

「誰かを助けるのに理由なんていらないんだろ？」

「あ……」

「ましてや、アルトは俺の友達だ。なおさら、付き合うのに理由はいらねえだろ」

「そういうこと。あたしも無関係じゃないし……アルト君のためなら、一肌脱ぐよ」

グランとジニーの兄妹は、頼もしい笑顔でそう言った。

「脱ぐ!?　ちょっと、ジニー!　ボクのアルトを誘惑しないでっ」

「……実は、前々からアルト君って、いいなあって思ってたのよね。エルトセルクさんは、まだ彼女ってわけじゃないんでしょ?　なら、ちょっとくらい、いいでしょ」

「むぐぐっ」

見事にユスティーナが勘違いをして、調子に乗ったジニーが悪ふざけをする。そんな光景も、どこか微笑ましい。

みんな力を貸してくれる。ならば、俺も期待に応えないといけない。

ジャス……お前には、絶対に負けない!

◇

ユスティーナの特訓のおかげで、ジャスに負けない身体能力を得た。ただ、戦闘技術となるとかなり怪しいので、その問題を補うために、特訓をしなければいけない。

ただ、準備に1日を費やしてしまった。そのため、残された時間は2日。短いけれど、嘆くヒマがあれば少しでも強くならないといけない。

というわけで……俺の特訓は、かなり荒っぽい方法がとられることに。

放課後が訪れると、俺たちはすぐに学院を後にした。

自主訓練のため学院の訓練場は常時解放されているが、そこで俺が望む特訓はできないので、別の場所へ。

街の外に出ると、空気が変わったような気がした。ピリピリと張り詰めているようで、どこからか獣のような鼻につく臭いが漂ってくる。

魔物の臭いだ。

街は魔道具を応用した結界で守られている。その結界は完全に街を包み込んでいて、よほど強力な魔物でない限り、突破することはできない。

しかし、街の外に結界はない。街道に沿って簡易的な結界は展開されているが、それも完璧ではない。大なり小なり、魔物に襲撃されることを覚悟する必要がある。

そのため、許可なく街の外に出ることは禁じられている。外に出ることが許されているのは、街と街を行き来する商人や、その護衛となる憲兵隊の人たちくらいだ。

その他、例外はあるものの、基本的に外に出ることは許されていない。許されていないのだけど……

「ユスティーナ、大丈夫なのか？」

「うん、なにが？」

「いや……ユスティーナの一言で、俺たち、外に出ることができただろう？　憲兵隊にそんなことをして、後で問題にならないのか心配だ」

　あらかじめユスティーナが話を通していたらしく、俺たちは問題なく街の外に出ることができた。行動が早い。

　ただ、わりと無茶な行動でもあるため、ユスティーナに迷惑をかけていないか、それだけが心配だ。

「大丈夫だよ。昨日のうちにお父さんとお母さんには話をして、ちゃんと許可をもらっているから。あと、あちこちに話を通しておくようにお願いもしたから、問題になることはないよ。きちんと手続きは踏んでいるからね」

「そうか……なんか、いつもすまない」

「ボク、別の言葉が聞きたいなあ？」

「ありがとう」

「うん、どういたしまして！」

　ほんのりと頬を染めながら、ユスティーナが笑顔を見せた。

　俺の力になれることがうれしくてたまらないらしい。ものすごく健気なので、少し心を動かされてしまう。

「あーら、見ましたか、奥さん。あの二人、ラブラブですわよ」

「ええ、ラブラブですわね。見ているこっちが胸焼けしそうですわ」

グランとジニーがよくわからない方法でからかってくる。

「えへへ、ラブラブだって。ねえねえ、アルト。どうする？　ボクたち、ラブラブだって。えへへ」

そんなひやかしもユスティーナはうれしいらしく、くねくねと悶（もだ）えていた。

俺は……ノーコメントだ。

とにかくも、本来の目的である特訓をしなければいけない。街の外に出た俺たちは、そのまま街道を外れて、なにもない平原へ移動した。

「ん？」

今、俺たち以外の人影が見えたような……？　黒い影が視界の端で動いていたような気がする。しかし、普通に考えてそんなことはありえない。外に出る人はほとんどいないし、街道を外れる人なんてかなりのレアケースだ。

改めて目を凝らして確認するが、人影は見当たらない。気のせいだろう、と判断した。

「色々いるね」

「結界が設置されていないからな」

ゼリー状のスライム。オオカミに似ているが、それよりもさらに鋭い牙を持つウルフ。子供のように小さいけれど、武器を持つ緑色の肌をしたゴブリン。

ユスティーナの言う通り、本当に色々な魔物がいた。

基本、魔物は人を襲う。人に限らず、同族以外を全て敵と見なして襲いかかる。

しかし、なにも考えていないわけではない。野生動物と同じように、本能的に危機を察することができるらしい。ユスティーナがいるせいか、魔物たちは遠巻きにこちらを眺めるだけで、襲いかかってこようとはしない。

ユスティーナは結界の代わりになるかもしれないな。

「じゃあ……ユスティーナ、頼む」

「はーい！」

元気よく返事をすると、ユスティーナは俺たちから離れた。そのまま光を放ち、漆黒の竜に変身……いや、元に戻る。

そのまま一気に空に飛び上がる。豆粒ほどの大きさに見えるほど、高く高く遠く遠く舞い上がり……そこから一気に急降下。その巨体を見せつけるように翼を広げながら、竜の咆哮(ほうこう)を響かせた。

魔物たちが一斉に恐慌状態に陥った。突然、全ての生き物の頂点に立つ竜に脅かされたのだから、当たり前の反応である。

ユスティーナに追い立てられて、周囲の魔物全部が暴走する。その行き先は……こちらだ。

迎え撃つのは、俺一人。

手にするのは訓練用の槍で、攻撃力はほぼほぼないが、耐久性だけは抜群。

この槍で、恐慌状態に陥り、暴走している魔物の群れを相手にする。それが、俺が強くなるための特訓だった。

「はあああっ！！！」

暴走状態の魔物たちを迎え撃つ。

ここは王都に近いため、竜騎士や憲兵隊によって、ちょくちょく魔物の討伐が行われている。そのため、強い魔物は存在しないが……

「くっ⁉」

竜に追い立てられて、命の危機を覚えている魔物たちは、生き延びるために普段は隠されている力をむき出しにしていた。いわゆる、火事場の馬鹿力だ。そのため、低級な魔物でもとんでもない力を発揮している。

しかも、一匹だけではなくて、複数の群れ。それらを一度に相手にしなければいけないというのは、なかなかに厳しい。

ただ、逃げるわけにはいかない。なぜならば、これが短期間で戦闘技術を身につけるための特訓なのだから。

文字通り命がけの魔物の群れを、一人で相手にする。荒業すぎるが、しかし、そのようなことをすれば否が応でも戦闘技術は鍛えられるだろう。

とはいえ、これはかなり危険な行為だ。一歩間違えれば大怪我を負ってしまうし、下手をしたら死ぬ可能性もある。

それでも、短期間で強くなるためには仕方のないことだ。それくらいのリスク、覚悟を背負わないといけない……これは全て承知の上。

「だが、さすがに厳しいな……！」

恐慌状態に陥り、パワーリミッターが解除された魔物たちが、視界を埋め尽くすような勢いで押し寄せてくる。

槍で薙ぎ払い、一度、敵の動きを止め……止められない！　津波のような勢いに抗うことができず、魔物の群れに飲み込まれてしまう。

「このっ！」

槍を地面に突き立てるようにして、後方に跳ぶ。

再び魔物の群れが食らいついてくるが、今度は、焦ることなく一匹ずつ的確に仕留めていく。まずは数を減らすことで、少しでも敵の進軍の勢いを止める。

突いて。払い。薙いで。穿ち。

ありとあらゆる方法で魔物たちを殲滅していく。戦えば戦うほど、技術が研ぎ澄まされていくのがわかる。ここで成長できなければ、文字通り……終わりだ。

故に、こちらも必死になる。

「くっ……!?」

訓練用の槍はかなり頑丈に作られているはずなのだけど、大量の魔物を相手にしたことで、さすがに限界が訪れたみたいだ。穂先が砕けて、柄も半ばからへし折れてしまう。

武器を失い、絶体絶命のピンチに陥るが……

「よっしゃ、そろそろ俺の出番だな！」

「兄さんっ、一人で突っ走らないの！」

後方で様子を見ていたグランとジニーが前に出た。俺に代えの槍を渡すと同時に、二人がかりで魔物の進軍を食い止める。

その間に槍を交換して、同時にわずかな休憩をとる。

グランとジニーは、今のようなハプニングが起きた時の対処要員だ。代わりに二人が前に出てくれて、俺が立て直すまでの時間を稼いでくれる。あと、本当にマズイ時は撤退を手伝ってくれる。

この特訓がかなりの無茶だということはわかっている。だからこそ、グランとジニーという保険を用意させてもらった。いくらなんでも、無策で無茶をするわけにはいかないからな。

「ふう……よし、もう大丈夫だ。グラン、ジニー。交代だ」

「もう平気なのか？」

「もっと休んだ方がいいんじゃない？」

「いや、大丈夫だ。それに、今はわりと調子がいい。色々と掴めそうな気がするから……このまま限界まで突き進みたい」

「ったく……アルトって、実は頑固者だよな」

「危なくなったら、いつでも言ってね。またあたしらが時間を稼ぐから」

「ああ、頼むよ……あ、少し待ってくれ」

再び前線に立つ前に、空で滞空して様子を見ているユスティーナに声をかける。

「ユスティーナ、もっと魔物を追い立ててくれ」

「大丈夫なの？　アルト、あちこちに怪我してるよね？」

「まだ大丈夫だ。いける」

「むぅ……すっごく心配だけど、でもでも、男の子にはやらなければならない時があるって、お母さんが言ってたし……そういう時は、黙って支えるのがいい女って言ってたし……わかったよー！　もっともっと追い立ててくるね」

ユスティーナは了解というように、その場で軽く旋回すると、彼方へ飛んだ。ここらの魔物はあらかた表に誘い出したため、さらに奥へ移動したのだろう。

「さて……やるか」

グランとジニーと交代して、俺は再び魔物の群れを相手にする。強くなるために。ジャスとの勝負に勝つために。ひたすらに自分を追い込み、鍛えていく。

俺は、全力で……それでいて無心で槍(やり)を振るい続けた。


あれから、ほぼ全ての空き時間を特訓に費やした。加速度的に成長できたものの、あちらこちらに傷ができてしまう。

それでも諦めることなく特訓を続けて、なんとか、満足のいく仕上がりになった。

そうして時間はあっという間に流れて……決戦前夜に。

「ほーら、じっとしててねー」

「いつっ」

特訓でできた傷の治療をユスティーナにしてもらう。

あいにくと、こんな時間に保健室は開いていない。なにかあった時のために、寮にも簡易的な救護室は設置されているが、なぜ怪我(けが)をしたのか？　と問われると答えに困るため、利用はしていない。

そんなわけで、薬などを利用した治療に。

必然的にユスティーナにお願いしたのだけど、彼女は魔法を使えないので、

「ごめんね、アルト。ボクが治癒魔法を使えればよかったんだけど……ボク、かすり傷以上の怪我をしたことってないから、どうにも治癒魔法って苦手なんだよね」

「ユスティーナが気にすることじゃないさ。もっとうまくやれない俺のせいだ」

「ううん、アルトはうまくやっているよ」

ユスティーナがにっこりと笑いながら、俺の頭を撫でる。

「いい子、いい子」

「えっと……なにをしているんだ？」

「アルトがちゃんと特訓を乗り切ることができたから、えらいえらいしているの」

「子供じゃないんだが……」

「うーん……なんていうか、ボクなりにアルトを褒めてあげたくて。だから、つい。子供扱いしているわけじゃないんだ、ごめんね」

「そういうことなら、まあ……」

微妙な気分ではあるものの、ユスティーナに頭を撫でられて嫌な気分はしない。むしろ、どこか安らぐような気がした。

ただ……距離が近い。向き合うようにしているものだから、慎ましやかな胸が目の前にあって、色々と反応に困る。

「あれ？」

ユスティーナが俺の視線を追いかけて……ハッとした様子で、頬を染めた。

「……アルトのえっち」

「いや、その……本当にすまない」

「でもでも、アルトならいいよ？　見るだけじゃなくて、その、触っても……」

「いやいやいや。そんなことはしないから！」

「しないの……？」

「なぜ落ち込む？」

「もうっ」

　ユスティーナは頬を膨らませて、拗ねるような感じでこちらを睨んだ。触られるのは恥ずかしいけれど、だからといって、すぐに拒絶されるのは嫌らしい。乙女心は複雑だな。

「……でも、アルトはホントにがんばったと思うよ」

　思いきり軌道が逸れた話を、ユスティーナ自身が修正する。

「お世辞とかじゃなくて、普通にすごいと思うよ。暴走状態の魔物の群れを相手にする……そんな特訓、一歩間違えればどうにかなっちゃうもん。でも、アルトはきちんと乗り越えることができた。普通の人は、とてもじゃないけどできないと思うな」

「ユスティーナがいてくれたからな。それに、グランとジニーもサポートをしてくれた。だから、後のことを考えることなく、全力でやることができた。俺の力だけじゃなくて、みんなのおかげだ」

「もう、アルトは謙遜がすぎるなあ。もうちょっと、誇らしくしてもいいと思うよ？」

「そう言われてもな……」

これが俺だ。今更、急に変えることはできない。

「たくさん怪我（けが）はしちゃったけど……でも、これで準備万端だね」

「ああ」

この2日で、できる限りのことはした。それなりの手応えも感じている。

後は……明日、全力でジャスとぶつかるだけ。

「自信はどう？」

「自信か。そこを問われると、なんとも言えないな」

性格はねじれているものの、ジャスの実力は確かだ。伊達に学院5位にランキングしていない。一方の俺は、11位に食い込んだものの、それは身体能力に任せたものであり、戦闘技術がまだまだ足りていない。

この2日で、徹底的に鍛え抜いたが……果たして、ジャスに通用するほどに伸びているのか？　そこは不明で、なんとも言えないところがある。

ただ、弱音を吐くなんてことはしない。

「勝つさ」

勝率は不明で、確たることは言えない。

言えないのだけど……でも、俺はあえて言い切った。

「ユスティーナに、グランに、ジニーに……みんなに協力してもらった。たくさん助けてもらった。ここまでしてもらったのに、負けるわけにはいかないからな。だから……勝つ。絶対に勝ってみせるさ」

「……」

「ユスティーナ？」

ユスティーナがぽーっとしていた。なんとなく、見覚えがある反応だ。

目の前で手をヒラヒラと振ると、ハッとした様子で我に返る。

「ふぁっ……ご、ごめんね。アルトがあまりにもかっこいいことを言うから、ついつい見惚れちゃった」

「そんなに大したことは言ってないが……」

「言ったよ。今のアルト、今までで一番かっこよかったかも」

「そ、そうか？」

「困るなあ、ものすごく困るなあ」

「なにが困るんだ？」

「こうして一緒にいると、日々、アルトのかっこいいところを発見していくじゃない？その度に、どんどん好きになっていくわけで……うー、このままだと、アルトを好きって気持ちがいっぱいになって爆発しちゃうかも」

「はは……なら、かっこわるいところを見せてガス抜きしておかないとな」

「うーん……アルトのかっこわるいところ、想像できないんだよね。たとえ負けたとしても、すっごく一生懸命戦うと思うから、そういうところにキュンときちゃうだろうし」

ユスティーナの好感度がカンストしている件について。

そこまで好きになってもらえるほど、俺は大した人間じゃないんだけどな……いや。そういう考えはよしておこう。

俺の気持ちは未だ不透明ではあるが、彼女に見合うことができるように、強くなりたいということに変わりはない。後ろ向きではなくて、そんな風に、前向きな気持ちを抱いて……これからも歩き続けていきたいと思う。

「ユスティーナ」

「うん？」

「俺……勝つよ」

「うんっ！」

決戦前夜……明日に備えて、ジャスは学院の敷地内を走り、体を温めていた。

「まあ……わざわざこのようなことをしなくても、私の勝利は間違いないのですけどね」

ジャスは己の勝利を確信していた。

アルトの身体能力は驚異的ではあるが、しかし、それは力任せに暴れているだけであって、戦闘技術というものがまるでない。

獲物に向けて突進することしかできない猪と同じだ。真正面から力比べに付き合う必要はない。搦め手を使えば、簡単に勝つことができるだろう。

とはいえ、アルトもバカではない。自分の弱点をしっかりと自覚しているだろう。この数日で、戦闘技術を磨くための特訓をしているに違いない。

しかし、それは一朝一夕で身につくものではない。

その点、ジャスは違う。

幼い頃から英才教育を受けているため、長い経験を得ている。積み重ねてきたものは強く高く、アルトの手が届くものではないという確信がある。だからこその自信だ。

「仮に私に届いたとしても、やはり、結果は変わりませんけどね。エステニア……キミは愚かで、甘い。ただ、戦うことだけを考えているのでしょうが……そのようなことでは、私に一生敵わないということを教えてあげますよ」

「おや、悪い顔をしているな」

不意に、第三者の声が響く。

ジャスが慌てて振り返ると、夜の闇に溶け込むように、黒いローブを来た男がいた。相変わらず見た目の性別は不明であるが、声質から男だろうとジャスは判断することにした。

「なんだ、キミか……驚かせないでください」

「すまないな。明日が本番ということで、様子を見に来たのだが……ふむふむ。その様子ならば、なにも問題はないみたいだな」

「ええ、なにも問題はありませんよ。私が平民に負けるわけがないでしょう？」

「そうだろうな。念の為に、私の策も授けたし、何一つ問題はないだろう」

「キミにはずいぶんと助けられましたね。キミの考えた策はおもしろく、しかも、実に効果的だ。準備に関しても、あっという間に済ませてしまった。そろそろ、キミが何者なのか教えてくれてもいいのでは？」

「私のことなど気になさらず。あなたを応援したい、というただの一般市民にゆえ」

「キミのような一般市民がいてたまるものかと思いますが……まあ、野暮は言いませんよ。私の役に立つのならば、それ相応の報酬を与えるだけです。なにか望むものはありませんか？」

「いいや、そのようなことはなにも」

「ふむ？」

ここにきて、ジャスは迷う。

黒いローブの男は、こちらに協力する姿勢を見せながら、報酬を求めることは一切ない。ただの善意で協力していると言う。

普通、そんなことはありえない。人はなにかしらの打算で動くものだ。ジャス自身もほぼほぼ全ての行動が打算に基づいているのだから、なおさらにそう思う。

だからこそ、見返りを求めないことに不信感を抱いた。

「私としては、あなたに協力することこそが必要なのだ。そうすることで、私の目的を達成することができる」

「ふむ。その目的というのはなんですか？　真に信頼関係を築きたいというのならば、答えなさい」

「あなたが望むのならば、答えよう」

黒いローブの男は、とびっきりの明るい声で言う。

「私の目的は……ユスティーナ・エルトセルク……神竜バハムートの排除であり、無力さを刻み込むことだ」

「ほう……大きくでましたね。あの神竜を敵に回して、まさか勝てるとでも？」

「そのための策であり、そして……切り札もある」

黒いローブの男は笑い声をあげながら、闇色に輝く球を見せつけた。

9章　過去に決着を

いよいよジャスと戦う日が訪れた。

今日の授業構成は、1限目と2限目が実戦訓練で、今までと同じように複数のクラス合同で行われる。

当たり前ではあるが、今回はジャスのクラスと合同だ。

体を慣らす軽い運動が全体で行われた後、実戦訓練に移行する。それから、二人一組を作り模擬戦を行う。

決闘の約束をしているため、俺はジャスと組むのだけど……

「……なんだ、この騒ぎは?」

訓練場の中心に俺とジャスが位置していて、その周囲をぐるりと囲むように、他の生徒たちが見学していた。

ユスティーナもいる。

ただ、グランとジニーは見当たらない。どうしたのだろうか?

「先生、これは?」

「あー、えっと……エステニア君とラクスティン君が模擬戦をすると聞いていたので、今日は、他の生徒たちはその見学をしてもらおうかと。成績上位者同士の模擬戦となると、見ているだけでも色々と勉強になることが多いですからね」

いつの間にか、俺とジャスの決闘が知れ渡っていた。

「これは……ジャス、お前の仕業か？」

「これだけたくさんの人がいるのならば、不正はできませんし、勝敗もハッキリと示すことができます。いいアイディアだと思いませんか？」

「まあ……一理あるか」

「でしょう？」

「ついでに、もう一つ聞いておくが……先生を抱き込んだのは、ジャスの仕業か？」

「ええ、そうですね。勝手に大事(おおごと)にはできませんから。ああ、心配はしないでください。家の力なんて使っていませんし、あなたの相方……エルトセルクさんにも了承していただいていますよ」

「ユスティーナも？」

「不正などをするために、このような勝手をしたとなれば、彼女は許さないでしょうからね。ですが、今回は事前に先生に話をして、その正当性を示してあります。問題はありません。エルトセルクさんが止めに入らないことが、なによりの証でしょう」

確かにユスティーナは様子を見ているだけでこのお祭り騒ぎを止めようとしていない。

この前聞いたのだけど、彼女はいじめを放置していた教師を脅したことがあるらしい。

そんなユスティーナが黙認しているのだから、ジャスの言う通り、罠などは仕掛けられていないのだろう。

「わかった。見世物になるのは、少し落ち着かないが……俺は構わない」

「理解が早くて助かりますよ」

「なら……始めようか」

話はもういらない。

俺は訓練用の槍を、ジャスは訓練用の剣を構えた。

基本、憲兵隊、竜騎士に限らずに、戦う者は剣をメイン武装に選ぶことが多い。一般的に剣が一番扱いやすく、なおかつ、攻防に秀でているからだ。こと近接戦闘においては、一番優れているのは剣と言っても過言ではない。

一方で、俺は槍を使う。

射程距離に優れ、威力もある。ただ、懐に潜り込まれると弱いという弱点がある。

普通なら剣を扱う方がいいのだけど、俺は槍を好んでいた。それは、ごくごく単純な理由からだ。幼い頃に、俺を救ってくれた竜騎士が槍を使っていたから。彼に対する憧れから、俺は槍を好んで使っている。

「先生、合図をおねがいします」

「わかりました。では、二人共、準備を」

俺とジャスの視線がぶつかる。ざわついていた周囲の生徒たちも、いよいよ模擬戦が……いや、決闘が始まることを知り、言葉を収める。

事前に、竜の枷は解除してもらっている。万全の状態だ。

「はじめっ！」

先生の合図で、俺とジャスは同時に地面を蹴る。

「はぁあああ！」

ジャスが剣を構えながら突撃して、距離を詰めてきた。

さすがに速い。風のような動きで、まったく無駄がない。

ジャスを迎撃するために、槍を一閃。突きを繰り出すが……一撃目は回避されて、二撃目は剣で軌道を逸らされた。三撃目も回避されるが、足を止めることに成功する。

「っ!?」

バランスを崩したのか、わずかにジャスの体勢が揺らぐ。

その動きを一瞬でも見逃さないように凝視していたおかげか、生まれた隙を見逃すことはない。

俺は即座に槍を振るう。

「ははっ、キミの槍は、その性格と同じようにバカ正直なのですね！」

「なっ……!?」

ジャスは簡単に俺の槍を避けると、懐に潜り込んできた。

やられた！

ジャスが隙を見せたのは、わざとだ。俺の攻撃を誘うために、あえて体勢を崩したのだろう。

「ちっ」

大きく後ろに跳躍することで、ジャスの射程圏内から一時離脱した。ジャスは深追いすることなく、様子を見ている。

二日間の特訓で、俺の戦闘技術はそれなりに向上した。学院5位のジャスを相手にしても、一蹴されることがないのがその証拠だろう。

しかし……それでもなお、経験が足りていない。

ジャスは幼い頃から訓練を続けてきたのだろう。だからこそ、あえて隙を見せて攻撃を誘うというフェイントを使うことができる。

だが俺は、戦闘技術を覚えたのは学院に入学してからだ。圧倒的に経験が足りず、フェイントを織り交ぜることはできないし、逆に相手の罠に簡単に引っかかってしまう。

状況は厳しいな。

ジャスが俺を侮り、ふざけた行動でもしてくれればいいのだが……そのようなことはせず、教科書通りの動きで、きっちりと俺を追いつめてきている。

「ほらほら、その程度ですか？　神竜に好かれるというから、すごい力を持っているのかと思いましたが……やれやれ、期待外れですね」

「くっ」

「その程度、策を使うまでもない。このまま押し切ってあげますよ！」

「そうそう簡単にいくと思うな！」

ジャスが踏み込み、剣を乱舞させる。体を横にして被弾面積を少なくして、あるいは槍の柄で受け止めて、決定的な一撃は回避した。

悔しいが、ジャスは強い。にわか仕込みの特訓では勝つことは難しい。それだけ、ヤツの戦闘技術は深く鋭く研ぎ澄まされている。

しかし……ただ一点、俺が勝っているところがある。

身体能力だ。

ジャスに力負けすることはないし、速度で負けているところもない。実際に刃を合わせているから、そのことが理解できた。

ならば、それを活かした戦いをすればいい。

「はぁっ!!」

攻撃を点から線に切り替えて、槍を剣のようにして、全力で振り下ろした。

ジャスは剣を盾のように水平に構えて、こちらの一撃を受け止めるのだけど、一瞬、その顔がわずかに歪む。予想以上の力に手が痺れ、そのことを不愉快に思ったのだろう。

いい反応だ。これならいけるかもしれない。

俺は体力配分を無視して、そのまま全力の攻撃を立て続けに繰り出していく。

槍の中央を持ち、回転させる。その速度を利用するように、右から左へ。左から右へ。斜め下から斜め上へ……ありとあらゆる角度から攻撃をしかける。

一撃一撃が全力だ。さすがに疲れてくるが、それでも動きは止めない。

もしもここで動きを止めてしまえば、ジャスは痛烈な反撃を繰り出してくるだろう。だから、それを阻止するために……さらに、俺のペースで決闘を進めるために、休むことなく連撃を続けた。

そして……ある程度、時間を稼いだところで、あえて手を抜く。今までとは違い、緩い一撃を繰り出した。

その瞬間を待っていたというように、ジャスはニヤリと笑いカウンターに移る。剣の腹で槍を打ち払い、そのまま流れるような動きで斬撃を放つ。

なんとかそれを避けるが、さらに追撃をしかけてきた。今度は自分の番というように、さきほどの俺の動きを真似するように、猛烈な勢いで連撃を繰り出してくる。

苛烈な攻撃ではあるが……しかし、それは狙い通り。

プライドの高いジャスのことだ。俺が猛攻を繰り出せば、仕返しをするように、同じことをすると思っていた。

「はぁ、はぁ……！」

「はぁっ、はぁっ、はぁっ……くっ！」

決闘が始まり、30分は経っただろうか？　未だ、決着はついていない。

ジャスはたくさんの汗を流していて、肩で息をしていた。対する俺は、多少、息が乱れているだけで大した疲労は感じていない。

俺は守備を強く意識して、とにかく時間を稼ぐことに専念。対するジャスは、俺に誘導されていると気づくことなく、猛然と攻め込んできた。

その結果、無駄な体力を消耗して、明らかに動きが鈍くなっていた。一方の俺は、まだまだ動くことができる。疲れてはいるが、余力は十分に残っている。

これが俺の作戦だ。

あえて挑発するような行為をして、ジャスの攻撃を誘い、疲労を蓄積させる。相手の消耗を待つという、お世辞にもかっこいいとは言えない作戦だが……しかし、この決闘、絶対に負けるわけにはいかない。

かっこいいとかそういうことは気にせず、勝つためだけの作戦を考えた。

俺自身のため。そして、ユスティーナのため。

この決闘、絶対に勝つ！

「くそっ、ちょこまかと……うっとしいですね」

「どうした、息が上がっているぞ？」

「くっ……」

「ここで決めさせてもらう！」

「調子に……乗らないでくれませんか!?」

最後の力を振り絞るような感じで、ジャスが斬りかかってきた。

予想していた以上に速いが、力はまるで入っていない。疲れているせいだろう。

これならいける。俺は槍(やり)の柄で受け止めて、そのまま剣を弾き飛ばそうと……

「動かないでください」

ジャスがささやく。

悪魔のようにささやく。

「あなたの友達は、私が預かっています」

◇

明かりのない朽ち果てる寸前の家で、グランとジニーは目を覚ました。

「んっ……なんだ、ここ……俺は……？」

「兄さん？　なによこれ……って、動けないんだけど！」

グランとジニーは後ろ手に縛られていて、さらに、家の支柱にぐるぐるとくくりつけられていた。二人はもがき、束縛から逃れようとするが、荒縄はガッチリと締まっているため、無駄な抵抗に終わる。

なぜこんなことに？

自分がおかれた状況に戸惑い、グランとジニーは混乱する。

それから、グランは廃屋で目を覚ます以前の記憶を思い返す。

「えっと……朝、いつものように起きて……部屋を出て、ジニーと合流して……」

「今日はアルト君がラクスティンと戦う日だから、その前に、激励しようっていうことでアルト君の部屋に向かったのよね？」

ジニーも記憶を掘り返していく。

「俺とジニーでアルトの部屋に向かって……」

「でも、その途中でいきなり誰かに襲われて……ダメ、そこから先が思い出せないわ」

どうやら、自分たちは誰かに誘拐されたらしい。

そんなことは理解できたけれど、理解できたからといって、どうにかなるものではない。とてもじゃないけれど自力での脱出は不可能だ。

「誘拐だよな、これ……？　身代金目的か？」

「あたしら、ただの平民じゃない。実家も、しがない商店。誰が狙うのよ」

「だよな……っていうか、見張りもいねえし」

廃屋内は薄暗く、窓が木板で塞がれているため、全体を見通すことはできない。ただ、他に人の気配は感じられない。物音もしないため、グランとジニー以外は誰もいないことは確定だろう。

「俺たちをさらったヤツは、なにがしたいんだ？　こんなことしても、被害があるの俺らだけだろ？　授業に出られなくなるっていうくらいで、嫌がらせか？」

「あっ……それよ！」

「あん、どれだ？」

「これ、たぶん、ラクスティンの仕業よ！」

「どういうことだよ？」

「試合の時に、あたしらがその場にいないと、アルト君は不思議に思うでしょ？　で、そこでラクスティンがこう言うの。あたしらの身柄は預かっている……って。そんなことを言われたら、アルト君はまともに戦えなくなるわ」

「おいおい、マジかよ……くそっ、あの野郎！　汚え手を使いやがる」

「可能性は高いと思うわ。今、このタイミングであたしらを誘拐して得するのなんて、ラクスティン以外にいないもの」

「でも、見張りがいないのはどういうことなんだ？」

「自分の犯行であることが露見しないように、そういう手がかりになりそうなものは極力なくしたんでしょ。逆に言うと、今が逃げるチャンスだけど……！」

ジニーは必死にもがくけれど、拘束が解けることはない。むしろ、一緒に縛られているグランが痛いと悶える結果になった。

どうしても脱出することができず、二人の心に諦めという名の影が落ちる。

このようなことでアルトの足を引っ張ってしまうのか。友達と言ってくれた人の力になるわけではなく、逆に迷惑をかけてしまうのか。

否。

まだ諦めるのは早い。

「くそっ！　こんなことで俺らを……止められると思うなよ！」

「あたしらは、絶対に諦めたりしないんだから！」

グランとジニーは必死でもがいた。荒縄が擦れ、体が傷つくのも構わず、拘束を解こうと必死になった。

決して諦めない。もう二度と屈しない。

そんな強い意思を感じられた。

「……ふむ。なかなか好ましい人間だ。そなたらのような者は、よき竜騎士に、よきパートナーとなるだろう」

不意に声が響いた。

「えっ⁉」

「ちょっと、今の……」

二人は驚き、思わず動きを止めてしまう。

その直後、廃屋の壁になにかが激突したような、激しい衝撃が走る。

ぼろぼろの壁は一瞬で崩れて……そこから竜が顔を見せた。

「ほらほらほらっ、どうしましたか⁉　さきほどまでの勢いはどこへ消えたのですか⁉」
「くっ！」
俺は槍（やり）を盾のようにして、ひたすらに耐えていた。
体力が落ちているせいか、ジャスの攻撃は最初と比べるとかなり荒い。ちょくちょくと反撃の機会が訪れるのだけど、グランとジニーを人質に取られているため、攻撃することはできない。

　ジャスが突撃してきて、剣と槍が拮抗した。その状態で、俺にだけ聞こえる声でニヤリとささやく。

「ふふっ……いいですよ、その調子です。そのまま攻撃に転じることは禁じますよ」

「ジャス、お前……！」

「キミが手を出したら友達がどうなるか……わかっていますね？　まあ、イカサマを疑われては困るので、もう少し粘ってもらいますが……その後は、せいぜい派手に散ってくださいね。よろしくおねがいしますよ」

　ジャスが大きく剣を薙いだ。

　足に力を入れれば耐えることはできるが、それは許されていない。大ぶりの一撃が俺を捉えた。

　ガッ！　という激しい衝撃に襲われた俺は大きく吹き飛ばされて、訓練場の床の上を転がる。

「どうにかしないといけないのに……！」

　ジャスのことだから、なにかしてくるのではないかと思っていたが、まさか、グランとジニーを誘拐するなんて。

　そんなことをしたら、後でどうなるか……いや。誰にもバレず、うまくやるという絶対の自信があるのだろう。

現に、俺は今追いつめられている。悪巧みはジャスの方が上だった。

どうする？　どのようにして、この劣勢を覆せばいい？

必死になって考えるものの、良いアイディアが浮かばない。ただただ、ジャスに追いつめられていくことしかできない。

俺は……なんて無力なんだろう。

思わず心が折れてしまいそうになった時……ゴォンッ！　と、郊外の方で大きな音がした。

反射的にそちらを見ると、巨大な火球が。あれは……竜のブレス？

「アルトー！」

ユスティーナの声が響いた。

「あれは、グランとジニーは無事、っていう合図だよ。もう遠慮はいらないから、思う存分にやっちゃえー！」

「えっ、ユスティーナは気づいていたのか……？」

「グランとジニーがいないのはどう考えてもおかしいし、それに、途中でアルトの動きがおかしいくらいに鈍くなるんだもん。高確率でそいつが関連してる、って思うよね。まあ、こういう展開は予想していたから、あらかじめ自由に動ける仲間を呼んでいて、グランとジニーを探してもらっていたんだ。で、今の火球が二人を見つけたよ、っていう合図」

ユスティーナが得意げな顔で、そう説明した。

どことなく、褒めてほしそうな犬を連想する。見えない尻尾がパタパタと忙しなく左右に動いているのが見える。

「そいつがグランとジニーをさらった時点で、ボクが出てもよかったんだけど……でも、これはアルトの戦いだからね。どうしようもならない限りは、ボクは控えておいた方がいいかな、って。ふふんっ、ボクは夫を立てる妻なんだよ」

「まだ付き合ってすらいないが」

「もう、いけずだなあ」

「でも……ありがとう、ユスティーナ。やっぱり、君は最高だ」

俺は勘違いをしていた。

自分の力でジャスに打ち勝たないといけないと思っていたが、元より、俺一人の力で成し遂げたことなんてものはない。

ユスティーナが力を貸してくれた。

グランとジニーも協力してくれた。

それらのおかげで、俺は今、ここにいる。過去の悪夢の象徴であるジャスと向き合い、戦うことができている。

俺は一人じゃない。みんながいる。

だから、戦うことができる！　前を向いて、歩いていくことができる！

さあ……反撃の時間だ。

「バカな、策が読まれていた？　くっ、あの男はどこに……」

「ジャス」

「っ……!?」

「決着をつけるぞ」

「くっ……エステニアごときが調子に！」

ジャスは激高して斬りかかってきた。

破れかぶれの突撃ではあるが、その動きは速い。追いつめられたことで、思わぬ力を発揮しているのだろう。火事場の馬鹿力と似ている。

ただ、そんなジャスの強力な一撃も、俺は意に介さない。

「がっ!?」

ジャスの手首を打ち、続けて剣を弾き飛ばした。

それでも、ジャスは執念だけで動いて、決闘を諦めない。武器を失い、なおも掴みかかってこようとするが……隙だらけだ。

槍の尻でジャスの腹部を打ち、次いで、槍を下から上に垂直に跳ね上げて顎を叩く。

「ぐぁっ⁉」

ジャスの体がぐらりと傾いて……白目を剥いて、そのまま倒れた。完全に気絶していて、起き上がる様子はない。

シーンと、場が静寂に包まれる。

そんな中で、俺は静かに構えた槍を下ろす。

それを見た先生は、ハッと我に返った様子で口を開いた。

「そこまで！　勝者、エステニア君！」

小さな間を挟み、見学していた生徒たちがみんな立ち上がり、わぁっと歓声をあげた。

あんな性格をしているものだから、やはりというか、ジャスはあちらこちらで嫌われていたらしい。その証拠に、俺がジャスを倒したことで、みんな喝采をあげている。中には、ざまあみろ、とかなんとか口にしている生徒もいた。

いつかのユスティーナの感想と似ているが、現金なものだなあ、と思ってしまう。

まあ、ジャスを倒したことで、俺のような目に遭う人を減らすことができた。それでよし。そう考えることにしておこう。

「アルト！」

「アルト君！」

「グラン！　ジニー！」

決闘が終わり、そのまま授業も終わる。

その後、少ししたところで、ユスティーナの指示で人気(ひとけ)のない校舎の裏側へ。そこで待機をしていると、どこからともなく飛来した竜が降りて、その背からグランとジニーが姿を見せた。

無事に合流できたことを喜び、互いに笑みを見せ……それから話をして、色々なことを理解する。

グランとジニーは、朝、ジャスの手の者にさらわれたらしい。そのまま、郊外の廃屋に閉じ込められていたとか。

そこをユスティーナの命令で動いていた竜によって助けられて、今に至る……ということらしい。

「二人共、大丈夫なのか？」

二人は何度も転んだような感じで怪我(けが)をしていた。特に手や腕の辺りがひどい。重傷というわけではないが、それでも、血が出ているところを見ると痛々しい気持ちになる。

しかし、グランもジニーもへっちゃらというように笑ってみせる。

「おう、これくらいなんともないぜ」

「むしろ、アルト君に迷惑をかけちゃったことがもうしわけなくて。あたしらを捕まえて、ラクスティンがなにかしたんでしょう？　例えば、わざと負けろとか……」

まさにその通りなので、ついつい反射的に頷いてしまう。

「そっか、やっぱり……ホント、ごめんね！」

ジニーが頭を下げて、グランも頭を下げる。

「最後の最後で、アルトの足を引っ張るなんて、ホントすまん！」

「お詫びというか、あたしらにできることがあれば、なんでもするから！」

「いや、そこまで気にしなくても……」

「それじゃあ、俺たちの気がすまねえんだ！」

「なんでも言って！　もちろん、できないこともあるけど……できる限りは、要望に応えてみせるから！」

このままだと、二人共、本当に土下座をするかもしれない。

俺はまったく気にしていないのだが……むしろ、二人にはたくさん助けてもらった。話を聞いてくれた、特訓を手伝ってもらった。

そして……友達になってくれた。

ユスティーナは、友達というか……友達以上恋人未満というような微妙な関係なので、なんとも言えない。

純粋な友達は、学院では二人が初めてだ。それは、どれだけ心強かったか。どれだけ温かかったか。二人が傍にいて、笑ってくれることで、俺はたくさん救われてきたと思う。

まだまだ短い付き合いだけど、その点は、ハッキリと断言することができる。

「なら、これからも仲良くしてくれないか？　そうしてもらえると、すごくうれしい」

「それだけ……なのか？」

「もっと、色々なことを望んでもいいんだけど……」

「それだけでいいさ。俺が望むものなんて、これ以上のものはない」

「まったくもう……でも、アルト君らしいね」

「こちらこそ、これからもよろしくな！」

「よろしくねっ、アルト君！」

グランとジニーと交互に握手をして、新しい友情の始まりが告げられる。

今回の一件では、ジャスに絡まれて散々だったけれど、二人との友情を深めることができた。ある意味では、アリだったのかもしれない。

まあ、そう思わないとやってられない、っていうのもあるかもしれないが。

「ところで、エルトセルクさんはどうしたんだ？　姿が見えないが……？」

「それ、あたしも気になってたのよね。結局、アルト君が勝ったのよね？　エルトセルクさんのことだから、アルト君にべったりで勝利を喜んでいるのかと思ったんだけど」

グランが不思議そうに言い、ジニーもそれに追随した。

俺は目を若干逸らし、たらりと汗を流しながら言う。

「あー……なんでも、後始末をするらしい」

◇

授業が終わった後、ジャスは早退して学院の外へ出た。

決闘に負けたものの、幸いというべきか、大した傷は負っていない。打撲くらいなので、放っておいても数日で治るだろう。

ただ、その傷が妙に痛んだ。歩く度にじくじくと痛む。まるで心まで傷つけられているみたいで、その痛みがジャスを果てしなく苛立たせる。

「くそっ……くそくそくそっ！」

自然と悪態がこぼれた。道行く人が何事かと見てくるが、周囲の視線を気にする余裕はない。

悪態をこぼしつつ、時に、道端のゴミを蹴飛ばしながら歩く。

「この私がエステニアなどに……！　このようなこと、あってはなりません！　そう、絶対にあってはならない！！！」

純粋な勝負で負けて、卑怯な手を使いながらも負けて……ジャスは完膚なきまでにアルトに敗北した。その事実が心を蝕み、プライドをズタズタに傷つける。

逆恨み以外の何物でもないが、そのことで、さらに怒りを募らせて憎むようになり……どうしようもない負の連鎖が完成する。

「この誤った現実は、すぐに正さないといけません。私がエステニアごときに負けるはずがない、そう、ありえません！　もう二度と、私に歯向かうことができないように、きっちりと教育をしてやらねば……！」

ジャスは頭の中で復讐の方法をあれこれと考えた。

ただ、ユスティーナを刺激しないようにと、ブレーキをかける。怒りに燃えてはいるが、計算高いジャスは我を失うことはない。セドリックの二の舞になっては意味がないのだ。

竜を敵に回してはならない。ましてや、ユスティーナは神竜だ。計り知れない力を持ち、それだけではなくて権力も持っている。

そんな相手、まともにぶつかることなんてできない。搦め手を使い、抜け道を見つけて、こっそりとやればいい。

しかし、彼は気づいていない。そのようなことを考えても無意味であり、すでに手遅れだということに。

「それにしても、あのローブの男はどこに行ったのやら。あの男の策に乗った結果が、コレですからね。色々と問いただしたいところですが……まあ、それは今度でいいでしょう。まずは家の力を使い、エステニアを追い込むための……」

「誰を追い込む、って？」

突然、投げかけられた言葉を耳にして、ジャスの背中が震えた。氷の塊を突っ込まれたかのように、とんでもない悪寒が走る。

恐る恐る振り向くと……

「やっほー」

にっこりと笑ったユスティーナがいた。

「エ、エルトセルク！　なぜここに……!?」

「ちょっと、キミと話したいことがあって、追いかけてきたんだ。時間、いいかな？」

「……え、ええ。構いませんよ」

ジャスは慌てながらも、表面上は冷静を装い、そう答えた。

慌てる必要はない、大丈夫。

裏で策を巡らせていたけれど、証拠は残していない。グランとジニーを誘拐した部下は、顔を見られることなく犯行をやり遂げた。アルトに対しては、少々余計なことをしゃべりすぎてしまったが、確たる証拠にはならないだろう。

問題ないと考えるジャスだけど、一つ、考え違いを犯していた。

それは……証拠を必要とするほど、ユスティーナはきちんとした手順を踏むわけではない、ということ。

「キミ……アルトの決闘をくだらない策で潰そうとしたね？　グランとジニーをさらい、それでアルトを脅そうとしたね？　っていうか、脅したね？」

「そのようなことはしていませんよ。誰から聞いたのか知りませんが、全てデタラメです。私は、正々堂々とエステニアと勝負をしました」

「ふーん……そう。ならいいや」

思いの外あっさりと引き下がり、ジャスは怪訝（けげん）そうに眉をひそめる。もっとしつこく問い詰められたり、場合によっては脅迫されると思っていたからだ。

「まあ、たしかに証拠はないみたいだからね。その点については、問い詰めるのはやめておいてあげる」

「その点については……？」

ユスティーナの口から不穏な言葉が漏れて、思わずジャスは顔をひきつらせた。

「アルトをいじめていたこと。そして、またいじめようとしたこと。そのことを聞かせてもらおうかな？　あと、さっき独り言で言ってた、ローブの男っていうのも気になるな。全部聞かせてくれる？　おとなしく、全部話すっていうのなら、んー……まあ、半殺しで許してあげる。でも、逆らうつもりなら、7割、8割殺しは覚悟してね？　って、これ、語呂が悪いなあ」

　笑顔でとんでもないことを言うユスティーナに、さすがのジャスも慌てた。

「な、なにを……!?　第一、私とエステニアに関する話は、当事者同士に任せると……先の試合で全てを決めると決めたではありませんか！　それなのに、今更、そのようなことを蒸し返すなんて……」

「あれ、ウソだから」

「……は？」

「二人の決闘だけに全部を任せて、ボクが動かないっていうの、ウソだよ」

　あっさりとユスティーナが言う。

　その顔は……未だ、にこにこと笑っていた。

「わからないかなあ。アルトを……好きな男の子にひどいことをしたことを、ボクが見逃すと思う？　見逃すわけないよね？　まあ、男の子には男の子の事情というか、戦わないといけない時があるっていうのは、さすがにボクもわかるから、あの場ではなにも言わなかったけど……でもね？　決闘の結果がどうあれ、最終的には、ボクが全部に決着をつけるつもりだったんだよ」

「なっ……!?　なんで、そんな……」

「だって、ねえ……セドリックのことで学んだんだけど、キミみたいな人間は、心底痛い目に遭わないとわかってくれないからね」

　恐れるように、ジャスが一歩、後退する。

「いじめたんだから、いじめられる覚悟もあるよね？」

「それは……まっ……!?」

「覚悟してね？　ボクのおしおきは、体にも心にも……かなり痛いよ」

　ユスティーナは竜形態に戻った。

　驚く街の人々を尻目に、逃げ出そうとするジャスをぱくっと咥えると、一気に空高く飛び上がる。そのまま、超々高度を音速に近い速度で飛び回るという荒業に出た。

　そんなものに耐えられるわけもなく、ジャスの体はボロボロになる。

　しかし、真に恐ろしいのは、竜に咥えられて空を連れ回されることだ。心が悲鳴をあげて、ジャスはあっさりと気絶してしまう。

　すると、ユスティーナはジャスを軽く噛んで痛みで強引に起こす。そして、再び空を連れ回す。

　痛みと恐怖を味わい、気絶して、また噛まれて起こされる。そんな地獄を3時間ほど味わい、解放された時にはジャスの髪が白くなっていたという。

　ユスティーナ曰く、ちょっとやりすぎちゃった♪　とのことだった。

10章　決戦

ジャスに打ち勝ち、今度こそ、完全に過去を振り払うことができた。

もしも決闘がなければ？

俺は、いつまでもユスティーナに頼り切りであり、一人で立ち上がることができなかったかもしれない。そう考えると、ある意味では、ジャスに感謝してもいいかもしれない。

グランとジニーも無事に帰ってきた。ユスティーナも後始末を終えて戻ってきた。

これで万事解決。めでたしめでたし。

……ならばいいのだけど、現実はそうはいかない。

「黒いローブを着た男？」

放課後。

俺、グラン、ジニーは人気（ひとけ）のない空き教室に集められた。後始末をして戻ってきたユスティーナが、そんな情報を教えてくれる。

「うん。どうも、ラクスティンは黒いローブを着た男にそそのかされたみたいなんだよね。アルトをいじめることができる良い方法がありますよー、って」

「そういえば……俺らが誘拐された時、そんなヤツが現場にいたような気がする」

「それと、あたしらをさらった実行犯って、結局、捕まっていないし……誰なのかしら？　もしかして、その黒いローブの男の仲間とか？」

「どうなんだろう？　そこまでは聞き出してないから、なんとも言えないんだよね」

ユスティーナたちが首を傾げる。色々と話し合っているものの、なかなか答えが見つからないらしい。

そんな中、俺はとある可能性に辿り着いていた。

「……カルト集団」

「ん？　なんだ、それ？」

「以前、朝の授業の前に先生が言っていただろう？　竜を排除しようとするカルト集団がいるとかいないとか」

「そんな話、してたか……？」

「うーん、うっすらと覚えがあるような……？　でも、ただの噂じゃないの？」

「その後、街の人からもそういう連中がいた、っていう話を聞いたことがあるんだ」

「それは……偶然、で片付けるにしては、ちょっと引っかかるな」

「極めつけは、ユスティーナが聞き出した黒いローブの男。この前、それらしい人影を平原で見た」

一つ一つは取るに足らない話で、深く気にしたことはない。

しかし、こうして全部が揃(そろ)うと無視することはできず……状況は限りなく怪しい。

「アルト、どうするの？」

「放っておくことはできない。ジャスをそそのかしたように、また同じことをしないとも限らないし……その目的が竜の排除っていうのなら、それは絶対に阻止しないと」

「うんっ、さすがアルト！　そう言ってくれると思っていたよ」

「俺も協力するぜ」

「もちろん、あたしも」

「よし……行こう、みんなで。事の真偽を確かめないといけない」

グランとジニーの実家は商店を営んでいるらしく、外の人と取引を行うことが多い。その伝手(つて)で、平原に潜む怪しい連中についての情報を手に入れることができた。

街の反対側……平原の奥に進み、森の境目辺りに朽ち果てた教会があるらしい。そこで黒いローブの者を見たという目撃情報が。

騎士団、あるいは憲兵隊に通報するという手も考えたが、今はただ、怪しいというだけで証拠がない。なので、まずは俺たちで確かめることにして、現地に足を運んだ。

「あそこか」

事前に得た情報通り、平原をしばらく歩いていくと、朽ち果てた教会が見えてきた。そこそこ大きな教会だけど、窓ガラスはほぼほぼ割れて、壁と天井に穴が開いている。今すぐに崩れ落ちてしまいそうで、無残な姿になっていた。

「……ねえ、アルト」

「……ああ、いるな」

ユスティーナの言う通り、壁に空いた穴から教会の中に人影があることを確認した。一人ではなくて複数いる。

ただ、見た目は普通の人と変わらない。黒いローブの男は留守にしているか、あるいは、奥に隠れているらしい。グランとジニーも人影を確認したみたいで、念の為にという感じで、小声で尋ねてくる。

「どうする？　こんなところに集まってるのは無茶苦茶怪しいが……でも、怪しい儀式をしてるとか、そういう感じはしねえぞ？」

「わかりやすく、ニワトリの首を斬って血を浴びて笑っているとか、そういうことをしてくれてたらいいのに」

「おま……怖いこと言うなよ」

「それくらいわかりやすいことをしてくれ、っていうことよ。実際に、そんな光景が見たいわけじゃないからね」

「……もう少し様子を見よう」

カルト集団なのかそうではないのか、今のところ判断がつかない。

結界の外に出て、コソコソと集まっている時点で怪しいのは確定なのだが……だからといって、いきなり攻撃をしかけるわけにはいかない。

「うーん、まどろっこしいなあ……ボク、行ってくるね」

止める間もなく、ユスティーナが前に出てしまう。

そのまま教会の扉を開けて、中に入っていった。

「おいっ、ユスティーナ!?」

俺たちは慌てて後を追いかけて、教会の中に突入する。

「これは……」

「アルトたちも来たの？　ボクに任せてくれてよかったのに」

教会の中央にユスティーナが立ち、その周りに人々が転がっていた。意識はあるらしくうめいているが、立ち上がることはできないらしい。

「どうしたんだ、これは……？」

「いきなり襲いかかってきたから、ちょっと撫でてあげたんだ。問答無用だったから、アルトたちを呼ぶヒマもなくて……あ、そうそう。これ、正当防衛だよね？」

過剰防衛な気はするが……ただ、この人たちがなにか後ろめたいものを抱えていることは、これで間違いない。だからこそ、ユスティーナに襲いかかったのだろう。

できることなら、じっくりと証拠を探したいところだけど、そんな時間はなさそうだ。そろそろ日が暮れる。

後は通報して、騎士団か憲兵隊に任せよう。

「なっ、これは……!?」

引き返そうとしたところで、教会の扉が開いて、新たな人影が現れた。その人物こそ、俺たちが探していた黒いローブの男。

彼は教会内の様子を見てすぐに状況を理解したらしく、強い怒気を放つ。

「貴様は竜の王女！　どうしてここに……!?」

「ユスティーナを知っているということは……これは当たりか？」

竜に王女がいるということは知られていても、その王女が人の姿をとり、俺たち人間と一緒に行動していることはあまり知られていない。学院関係者ならともかく、そうではない人は、ユスティーナが人に変身した竜であることすら知らない。

そのことを知っているということは、この黒いローブの男は、それなりの情報を持っているということ。つまり、竜を排除しようとするカルト集団だとしても不思議はない。

グランとジニーもその可能性に行き着いたらしく、警戒をあらわにする。

「てめえ、何者だ？」

「ここにいる連中のこと、教えてもらうわよ」

「くっ」

黒いローブの男は逃げ出そうとするが、それを許すほど俺は間抜けじゃない。

床を蹴り、瞬間的に男の背後に回り込む。そのまま訓練用の槍(やり)を背中に突きつけた。

こんな時に訓練用の槍を使う必要はないが、相手は人だから、真剣だとやりすぎてしまうかもしれない。それにまだ学生なので、武器の持ち出しは禁じられている。

「なっ……いつの間に私の後ろに⁉」

「ここ最近、色々と特訓をしているからな。これくらいのことは問題ない。それよりも、お前の素性、目的を話してもらうぞ？　こいつは訓練用の槍だが、鉄の塊のようなもので、殴られるとかなり痛いぞ」

「貴様……！」

「話してもらうぞ、全部を」

「そうか、貴様がアルト・エステニアか！　竜の王女の寵愛(ちょうあい)を授かりし者……貴様のような者がいるから、私たちは竜の奴隷から抜け出すことができないのだ！」

「奴隷？」

「そうだ！　連中は……竜は、我々人を支配しようとしている！　緩やかに、真綿で首を締めるように！　そのことに誰も気づかない、訴えても誰もが戯言と無視をする！　愚かな連中だ……竜の支配は、すぐそこまで来ているというのに！」

無茶苦茶なことを言う。竜が人を支配するなんてこと、企んでいるわけがない。仮に企んでいたとしても、竜ほどの力があればそんなものはすぐに終わる。

支配云々は、この男のろくでもない妄想にすぎない。まともに受け止める必要のない戯言なのだけど……竜に対する怒り、憎しみは本物のように見えた。

「なぜ、そこまで竜を敵視する？」

「決まっているだろう！　連中は敵だからだ！」

「そんなわけ……」

「あるんだよ！　連中のせいで私は故郷を失った！　連中がこんな国に協力しているせいで……俺の故郷は!!」

「……なるほど」

男の言葉から、大体の背景が見えてきた。

おそらく、男の故郷はアルモートの敵国なのだろう。こちらから戦争をしかけることはないため、自然と侵略側という答えになる。

男の国はアルモートに侵略戦争をしかけて……しかし、圧倒的な竜の力の前に敗北。

そうして国を失い、故郷を失った。

そんな国は少なからず存在する。

「てめえが竜を恨む事情っていうのは、まあ、一応理解したが……それがどうして、ラクスティンに力を貸すことになる？　なにを企んでやがる」

「あんたが裏で色々と動いていたこと、知っているのよ？」

「そこの竜の王女に、自分の無力さを刻み込んでやるためさ！」

グランとジニーに問い詰められた男は、ユスティーナを睨みつけた。

「貴様は、このガキに惚れているらしいな？　だからこそ色々と力を貸した。しかし、結局、どうすることもできずにガキがどん底に落ちれば……その時は、俺と同じ思いをすることになるのさ！　守りたくても守ることができなかった、自分の無力さを痛感することになるのさ！」

「つまり……それは、ボクに対する嫌がらせ、っていうことかな？」

ユスティーナの言う通り、この男は、たったそれだけのためにジャスを利用して、あれこれと暗躍したらしい。

馬鹿なことをしていると思うが、この男の基準では、そんなことはないのだろう。自分は正当な復讐をしていると、そう信じて疑っていないのだろう。

哀れな男だ。

竜が国を滅ぼしたわけじゃない。戦争を引き起こした、人そのものが元凶だというのに。それなのに論点をずらして、竜を憎むなんて……いや、憎む以外に方法がなかったのかもしれない。そうすることで、自身の心を守っていたのかもしれない。

もっとも、同情するなんてことはない。むしろ、許せないと思う。

こいつは方法はどうあれ、ユスティーナを傷つけようとしたのだから。

「お前は終わりだ。このまま騎士団に突き出す」

「はいそうですか……と、諦めるわけにはいかないのだ！　私は、故郷の全てを背負い、ここに立っているのだ‼」

それは魂の叫びだ。

一瞬、男の気迫に飲まれてしまう。その隙をついて、男は懐から手の平サイズのガラスのような球を取り出して、それを地面に叩きつけた。

例えば、世界中の悪意を凝縮したような、そんなドス黒い闇。そんな黒い霧のようなものが一気にあふれ出す。

死を意識するような強烈な悪寒を覚えて、俺は後ろに跳んだ。

しかし、男はその場に留まる。黒い霧が生き物のように体に絡みついていくが、逃げようとしない。むしろ、うれしそうに受け入れていく。

やがて、黒い霧は男の全身を包み込んで、繭のような球体となる。

「これは……？」

「みんなっ、ボクの後ろに！」

ユスティーナの鋭い声が響いた。

彼女の焦っている声なんて、初めてだ。

俺たちは迷うことなく、彼女の後ろに回り込む。

その直後、竜の姿に戻る。

「吹き……飛べぇぇぇぇぇぇっ！！！！！」

必殺のドラゴンブレス。

一瞬、世界が白に染まってしまうほどにすさまじい。

圧倒的な光が氾濫して、全てを飲み込んでいく。超々高温の熱波がありとあらゆるものを薙ぎ払う。教会は一瞬で吹き飛び、地面は縦一直線に抉れ、それが遥か先の地平線にまで続く。

倒れている男の仲間のことは一応配慮しているらしく、攻撃に巻き込んでいない。ただ、ブレスの余波でゴロゴロと吹き飛ばされていた。

やがて、光が収まる。

「なっ……!?」

黒い繭は変わることなくそこにあった。

「あれだけの攻撃を受けて、無傷だっていうのか……？」

「ううん、無傷じゃないよ。殻は打ち破ることができたけど……まいったな。ちょっと遅かったみたい」

「殻？」

ユスティーナは俺の疑問に答えることなく、繭を睨んでいた。

やがて、繭にヒビが入り……羽化する。

現れたのは竜。

ただし、まともなものではなくて、体のあちらこちらが腐り悪臭を放っていた。

最強の死者であり、破滅をもたらすもの……ドラゴンゾンビ。

一度、死を迎えながらも、現世に対する執着から肉体だけが留まり、理性のない化け物となる。それがゾンビだ。

そして、その竜のバージョンがドラゴンゾンビ。理性をなくした竜は化け物以外の何者でもなくて、破壊を撒き散らす、極めて危険な存在だ。

「どうして、人間が竜に……⁉」

「あの男が持っていたものは、竜の心核っていうものだよ。心核っていうのは、竜の魂が物質化したもの。竜の力の源というか……竜そのもの、って言った方が早いかな？ それを取り込むことで、人も竜になることができるんだ」

「そんなものがあるなんて、初めて聞いたぞ」

「機密情報だからね。普通の人は知らなくて当然だよ」

「ということは……あの男は竜になった、ということか」

「うん、そういうこと。心核に問題があったみたいで、ゾンビ化してるけど……それでも、ボクのブレスを防いじゃうくらいには強い相手かな。まったく……心核なんて簡単に手に入れられるものじゃないんだけど、どこで手に入れたのやら」

軽い口調で言うが、ユスティーナはドラゴンゾンビから一時も視線を外さない。

いや。外さないのではなくて、外せないのだろう。それくらいに警戒をしなければいけない相手なのだ。

「アルトたちは、そこらに転がっている人を安全なところに。アレは、ボクがやるよ」

「足手まといになりそうだから、そうした方がいいのかもしれないが……ただ、俺たちにでもできることはありそうだ」

ドラゴンゾンビの負のオーラにあてられたのか、続々と魔物が集まり始めた。

ユスティーナにとっては大した敵ではないだろうが、ドラゴンゾンビとの戦いの最中、邪魔をされて万が一……という事態もありえる。

「ユスティーナは、あのデカブツを頼む。悔しいが、今の俺ではどうにもならない。ただ、その他の雑魚は任せてくれ」

「アルト……でも、ボクは……」

「一緒に戦おう」

「っ」

ユスティーナが驚いたように目を大きくして……次いで、コクリと頷いた。

「うんっ、そうだね！　一緒に戦おう！」

「ああ」


真の決戦が始まる。

ユスティーナはドラゴンゾンビと激突して……一方で、俺たちはカルト集団の人々を安全な場所に移した後、群がる魔物の群れの掃討を開始する。

この辺りに強力な魔物は生息していないので、力で劣ることはない。

ただ、数が厄介だ。どこにこんなに潜んでいたのかと呆れるほどの数が現れて、倒しても倒してもキリがない。

「アルトっ、そっちは大丈夫か⁉」

グランは剣を振るいながら、厳しい声で問いかけてきた。

俺も槍を振り回しながら答える。

「これくらいなら問題ない！」

「これだけの数を相手にして、これくらい……か。とんでもなく成長したな、アルトは」

「ちょっと兄さんっ、感心してないで、どんどん倒してよ！」

俺とグランとジニー、三人で全力で攻撃を続ける。

魔物を大量に蹴散らしていくが、その分、新しい群れが現れる。

「アルト、このままってのは厳しくないか？　騎士団か、憲兵隊へ応援を頼んだ方がいいんじゃないか？」

「いや、できればそれは避けたい。ドラゴンゾンビが相手というのは、色々な意味で厄介だ。ゾンビとはいえ、竜を敵にして戦う……アルモートでそんなことをしたら、信頼関係にヒビが入るかもしれない。あるいは、他のカルト集団を刺激するかもしれない。考えすぎかもしれないが……念の為、できる限り、この場は俺たちで収めたい」

「そういうことなら仕方ねえか！」

「あと現実的な問題として、応援を呼びに行く隙がない」

「ちっ、それもそうか」

「あのドラゴンゾンビが消えれば魔物の応援もなくなるだろうし、エルトセルクさんに期待するしかないわね！」

魔物と戦いながら、ユスティーナを見る。

彼女は助走をつけてドラゴンゾンビとぶつかり、その巨体を吹き飛ばしていた。

さらに、倒れたところにのしかかり、大木のような腕を振り下ろす。腐った肉が抉(えぐ)れ、ドラゴンゾンビが悲鳴をあげる。

そのまま一気に押し込もうとするが、ドラゴンゾンビは全身をデタラメに動かしてユスティーナを弾き飛ばし、反撃に出た。

体が腐っているから、リミッターなどが解除されているみたいで、ユスティーナに匹敵するほどのパワーを得ているらしい。

だとしても、敵うはずがない。彼女は、神竜バハムートなのだ。まだ若いとしても、その力は圧倒的であり絶対的。普通なら、ドラゴンゾンビに遅れはとらない。

「こっ……のぉおおおおおぉ！！！」

しかし、戦うユスティーナの声には、わずかに焦りの色が含まれていた。

一気に勝負を決めることができないもどかしさを感じているらしい。

「おい、アルト。エルトセルクさん、もしかして苦戦しているのか？」

「信じられない……あのドラゴンゾンビ、バハムートに匹敵する力があるっていうの？」

「……いや、そうじゃない」

竜騎士になることを夢見た時から、色々な勉強を重ねてきた。

竜のことも詳しく調べたことがあり……その知識の中に、ドラゴンゾンビの情報も含まれていたから、よくわかる。

「たぶん、ユスティーナは、ドラゴンゾンビを一気に吹き飛ばす機会をうかがっているんだ」

「吹き飛ばさないとダメなのか？」

「ヤツは、ゾンビの特性も持ち合わせているから、再生力が高い。下手な攻撃では、致命傷を与えることができない。そして、無闇に追いつめると刺激してしまい、無茶苦茶に暴れるかもしれない。逃げて、街に被害を出すかもしれない。ユスティーナはそのことを懸念していて、チャンスをうかがっているんだろう」

それともう一つ。

俺たちのことを気にしすぎていて、勝負に出ることができないのだ。

「くっ」

ひどくもどかしい。

一緒に戦うといっても、結局、ユスティーナの足を引っ張ってしまうなんて……これじゃあ、対等の立場になることは、到底叶わないだろう。

いや、ダメだ。現実を受け止めて、仕方ない……と、諦めるなんてことをしてはいけない。そんなことをしてはいけない。

諦めないことが大切だと、俺は学んだはずじゃないか。

抗う心が大切だと、そう知ったはずじゃないか。

なら……俺がやるべきことは一つ。

「グラン、ジニー。無理をさせてしまうが、この場を二人に任せてもいいか？」

「おうっ、任せろ！」

「あたしたちの分まで、ガツンと一発、かましてきちゃって！」

二人共、すぐに俺の考えを察してくれたらしく、頼りになる顔で笑ってみせた。

ホント、良い友達だ。

「任せた！」

俺は槍(やり)を力強く握りしめて、ユスティーナのところへ向かう。

◇

「ちっ」

ドラゴンゾンビと戦うユスティーナは、思わず舌打ちをしてしまう。

力は大して強くないが、再生力に優れていて耐久力があるため非常に厄介だ。

周囲の被害を考えなければ、すぐにでも圧倒できるのだが、そんなことをすればアルトたちを巻き込んでしまう。故に、一撃必殺を狙うしかない。

しかし、なかなかその機会が訪れなくて、戦いは長引いていた。

どうする？　どうすれば、チャンスを得ることができる？

ユスティーナは判断に迷う。

「アルト？」

回り込むようにしつつ、ドラゴンゾンビと距離をつめるアルトの姿が見えた。

一度、アルトはユスティーナを見て……それだけで、彼がなにをしようとしているのか、なにを考えているのか察した。

愛の力だ。そんなことを、ユスティーナは真面目に考える。

なにはともあれ……決着の時が訪れる。

「グァアアアアッ!!」

ドラゴンゾンビが吠えて、ユスティーナに突撃した。その際、傍らのアルトに気づくことはない。サイズが自分とは違うために、視界に入っていないのだろう。

アルトはその隙をついて、力の限り高く跳躍。

空を飛ぶように舞い上がり、遥か高みでくるりと反転。槍を構えながら落下して……ドラゴンゾンビの腐った目を貫く。

「ギァアアアアアッ!?」

ドラゴンゾンビが悲鳴をあげて、苦しみ悶えた。体は腐っていても、痛覚はきちんと存在する。

暴れ回るドラゴンゾンビに巻き込まれないように、アルトは素早く後方に跳ぶ。

それから、自分の役目は果たしたというように、ユスティーナをまっすぐに見る。その合図を受け取り、彼女はしっかりと頷いてみせた。

「よーし！　アルトが作ってくれたこのチャンス、絶対に無駄にできないね！」

最大のチャンスが訪れる。

それは、ユスティーナが待ちに待ち望んだ瞬間だ。

この時のために、限界まで溜め込んでいた力を一気に解き放つ。

「これで……終わりっ‼」

本日、二度目のドラゴンブレスが世界を再び白に染める。

周囲に配慮した一撃目とは違い、さらに威力を高めた、それなりに本気の一撃だ。

光の奔流がドラゴンゾンビを飲み込み、浄化するように、その体を塵に分解していく。

抗うことなんてできない。悲鳴をあげることもできない。ただただ、光に飲み込まれて
圧倒されて分解されていく。

そうして……ドラゴンゾンビは完全に消滅した。

「ふぅ」

戦いが終わり、ユスティーナは小さな吐息をこぼす。

それから、人の姿に変身をして……

「アルトっ、やったね！」

「ああ」

アルトと華麗にハイタッチを交わすのだった。

◇

「ぐっ……」

かすかなうめき声が聞こえて、そちらを見ると、黒いローブの男がしぶとく生き残っていた。ドラゴンゾンビと一緒に消滅したと思っていたが、そうはならなかったらしい。

ただ、その体はボロボロで瀕死の状態。たとえ、今すぐ治療をしたとしても助かることはないだろう。

「現実が見えない、愚か者共め……竜は敵だ……なぜ、そのことに気がつかない」

この期に及んで男は竜に対する呪詛(じゅそ)を漏らしていた。

それに対して、俺は毅然と立ち向かう。

「違う」

「なに……？」

「竜は共に歩む隣人であり、友達だ。お前の言っていること、やっていることは、アイツが気に入らないから排除しようという、ただのワガママだ。ジャスと変わらない、単なるいじめっ子だよ」

「そんなことが、あるものか……私は、国を奪われて……」

「だとしても、竜だけに罪があるわけじゃないだろう。人にも罪がある。それなのに、竜だけを恨む時点で、無茶苦茶なんだよ」

「……」

「俺は竜を、友達を信じる。それが俺の答えだ」

「……ふん」

精一杯の抵抗というように、男はふてくされたように鼻を鳴らす。

そして……限界が訪れたらしく、男の体は塵（ちり）となり、今度こそ完全に消滅した。

最後に男がなにを思ったのか？

それは、誰にもわからない。

「アルト」

振り返ると、優しい顔をしたユスティーナが。

「おつかれさま」

「ああ。ユスティーナも」

互いに笑い……今は、無事に事件が解決したことを喜ぶのだった。

エピローグ　英雄への第一歩

大きな騒動に発展しないように事件を解決したつもりだったけれど……あれだけの大乱闘を繰り広げておいて、街の人ならともかく、国をごまかすことはさすがに無理だったらしい。

国も事件を察知していて、男を倒した後、ほどなくして憲兵隊と竜騎士の混成部隊が派遣されてきた。

憲兵隊は国の治安と秩序を司ることを主な任務としており、調査能力に長けている。対する竜騎士は、敵性勢力の鎮圧を主な任務としており、戦闘能力に長けている。

大きな事件が起きた場合は、憲兵隊と竜騎士がセットで派遣されることが多い。

憲兵隊の事情聴取を受けるハメになったけれど、幸いというか、こちらにはユスティーナがいた。彼女が表に立ち、今回の事件について説明してくれたため、妙な疑いを持たれることはなく捜査は終了。

その後、カルト集団の生き残りは逮捕。

尋問などで得た情報から、街中に潜む残党も全て捕まり……事件は完全に解決した。

そして、数日後。

俺たちは事件を解決した功労者ということで、王の目に留まり、城で王に謁見することに。

恐れ多いと思うのだけど、個人の感情で止められるわけもない。俺たちなりの正装……学院の制服に身を包み、王城の謁見の間へ向かった。

謁見の間は、学院の講堂ほどの広さがある。金の刺繍(ししゅう)が施された赤の絨毯(じゅうたん)がまっすぐに延びていて、大きな玉座に繋(つな)がっている。

それを挟み込むように、右に完全武装した憲兵、左に同じく完全武装した竜騎士が並ぶ。こちらを歓迎しているのだろうが、威圧感がすごい。

俺たちは王の手前、10メートルほどのところで立ち止まり、膝をついて頭を下げる。

「面を上げよ」

王の言葉で俺たちは顔を上げた。

ちなみに、ユスティーナも俺たちと同じようにしている。さすがに竜の王女とはいえ、一国の王を相手に不遜な態度をとるわけにはいかない。

まあ、どちらかというと、力関係は竜の方が上なので……玉座の近くにいる王の側近たちは、彼女に膝をつかせていることをハラハラしている様子ではあるが。

「事件の顚末(てんまつ)、騎士たちより聞いている。グラン・ステイル。ジニー・ステイル。アルト・エステニア。そして、竜の姫エルトセルク殿。此度の活躍、見事であった」

「はっ」

再び頭を下げる。

まさか、王から直接こんな言葉をいただけるなんて思ってもいなかった。もしかして俺は、夢でも見ているのだろうか……？

とんでもなく名誉なことなので、ついついそんなことを考えてしまう。

どれくらい名誉なことかというと……俺のような一般市民は、王と対面する機会なんて、一生を過ごしてもない。ましてや、直接言葉をもらえる機会なんてゼロ。

世界に名が響くような偉業を達成したり、国が傾くような大事件を解決したり。

そのような場合にしか、王との謁見は許されないのだ。

「今回の事件、もしも放置されていたのなら、大きな災厄となっていたかもしれぬ。竜を排斥しようとする犯罪者の動き……今後、より一層、気をつけなければならないな。そなたたちも力を貸してくれるとうれしい」

「はっ」

王に言われなくても、竜と共に歩む決意に変わりない。

ユスティーナがいるからというのもあるが、正規の竜騎士を目指すという俺の心……昔に抱いた志は変わっていない。

「さて……此度の活躍に報いるために、そなたらに報奨を授けよう。グラン・スティル。並びに、ジニー・スティル」

「「はっ」」

二人が一歩、前に出る。

「そなたらのおかげで、カルト集団のアジトを突き止めることができたと聞いている。また、その後の戦いも見事であった。よって、ここに緑竜章を授けるものとする」

まさか、二人揃って勲章を授かるなんて……驚いた。

これは滅多にあることじゃない。確率でいうのもおかしな話かもしれないが、宝くじに当選するようなもの。

王が直接、勲章を授けているせいか、二人はガチガチに緊張していた。

授与の後、二人を祝福して王が拍手をする。それに続いて、他の人も手を叩く。

もちろん、俺とユスティーナも笑顔と拍手でお祝いをした。

「では、次にアルト・エステニア」

「はっ」

二人が下がり、今度は俺が前に出る。

「カルト集団が我が国に関わっていることを、そなたが突き止めたと聞いている。また、その戦いにおいて決死の突撃をして、エルトセルク殿の最大の援護をしたという。その勇気、洞察力、誠に見事なり。よって、ここに金竜章を授けるものとする」

王の言葉に、周囲の人々が「おぉ！」とどよめく。危うく、俺も、王の前なのに驚きの声をあげることだった。

さきほど、グランとジニーが授かった緑竜章というものは、もちろん栄誉であることに間違いはないのだけど、持っている人はそこそこ多い。

大きな貢献を果たした者に贈られる勲章だ。長い間、憲兵を……あるいは竜騎士を務めていれば、半数くらいの人は授かることができると言われている。

対する金竜章は、逆に授かる者はほとんどいない。

英雄と呼ばれるにふさわしい行いをした者に与えられる勲章なのだ。

金竜章を持つ者は、それこそ、国の英雄として扱われるだろう。

「驚いているようだな？」

「はっ……その……はい」

王の問いかけに、ごまかしても仕方ないと思い、俺は素直に頷いた。

そんな俺を見た王は、わずかに苦笑する。ただ、すぐに笑みを取り払い、威厳のある顔で告げる。

「此度のそなたの活躍は、金竜章にふさわしいと判断した。そなたがいなければカルト集団の暗躍を許し……最悪、竜との融和が断たれていたかもしれない。それは、国が滅びることを意味する。そう考えると、そなたはこの国を救ったことになるのだよ。しかも、その歳で。これはもう、英雄と呼ぶしかないだろう」

「……光栄です」

正直、身に余るものだと思うが、王の恩賞を断るわけにはいかない。そんなことをすれば王の顔に泥を塗ることになり、その方が無礼になる。

それに、他の人々も笑顔で頷（うなず）いて賛成していた。ちらりと見れば、ユスティーナは当然だよ、というような感じの顔をしている。

もう完全に断れる雰囲気じゃない。

「謹んでお受けいたします」

「うむ」

王から直接、金竜章を授かる。

王は俺を見て満足そうに、一つ頷いた。その後、謁見の間に集まった人々全員に告げるように、大きな声を出す。

「今ここに、若き英雄が誕生した！　その名は、アルト・エステニア！　皆の者、若き英雄を称賛せよ！」

盛大な拍手に包まれて、俺はただ、ひたすらに恐縮する。

「やったな、アルト」

「おめでとう、アルト君」

グランとジニーが拍手をしてくれた。

「アルトっ、おめでとう！　ボクもうれしいよ」

ユスティーナもうれしそうにしてくれている。

三人からの言葉は素直にうれしくて、その感情を、そっと胸に刻み込むのだった。

これからも、もっと精進していこう。

前を向いて、ひたすらに歩き続けていこう。

そして、いつか金竜章にふさわしい人になろう。

俺が憧れていた、真の英雄に。

そう決意して、夢を胸に抱いて……皆に向けて頭を下げるのだった。

◇

ジャスと戦い、勝利を収めて……

カルト集団を撃破して、勲章を授かり……

そして、後日。

「「かんぱーい！」」

俺とユスティーナの部屋にグランとジニーが集まり、決闘の祝勝会が開かれた。

サプライズだったらしく、部屋に帰るとたくさんの料理と飲み物が用意されていて、すごく驚いたのを覚えている。

グランがドリンクをおいしそうに飲んで、上機嫌な様子で言う。

「しかし、アルトはすげえな。ホントにラクスティンに勝つんだからよ」

「なによ、それ。兄さんはアルト君の勝利を信じてなかったわけ？」

「ぶっちゃけると、ちょっと厳しいとは思ってたな。思いきり特訓したものの、なにせ、時間がなかったからな……あと、俺らのこともあったし、難しい戦いになるんじゃないか、ってのが正直な感想だった」

「呆れた……アルト君の友達を名乗っておきながら、信じてあげないなんて」

「そう怒らないでくれ。そういう、グランの正直なところは好ましいと思うからな」

「まあ、アルト君がそう言うのなら……」

不満そうな顔をしつつ、ジニーは鶏肉をタレで焼いたものを食べる。

その瞬間、目を大きくした。

「うわっ、なにこれ。めっちゃくちゃおいしいんだけど……」

「あっ、それはボクが作ったんだよ。気に入ってくれた？」

「ものすごく！　なになに、エルトセルクさんって、料理も上手なのね」

「ジニーも見習ったらどうだ？」

「うっさい、バカ兄さん。あたしはいいの、これから上手になればいいんだから。でも、これ、ホントにおいしい」

ぱくぱくとジニーが鶏肉を食べる。どこにそんな量が入るのか？　みるみるうちに鶏肉がなくなっていく。

ただ、まだまだ他にもたくさんの料理がある。選び放題で……というか、みんなで挑んでも食べ切れるかどうかわからない。

「でも……あいつ、おとなしく引き下がるかしら？　ラクスティンってかなり歪(ゆが)んでいるから、またアルト君に絡んでくるような気がするんだけど……」

「そのことなら平気だよ」

ユスティーナが自信たっぷりに言う。

「あの人間なら、すぐに学院を辞めると思うよ。それで、そのまま家に引きこもるんじゃないかな？」

「なんでそう言い切れるの？」

「おしおきしたからね。またボクたちの前に姿を見せる度胸はないと思うよ」

「……ユスティーナ。いったい、どんなおしおきをしたんだ？」

「ちょっとね」

ユスティーナは輝くような笑顔を見せていて、一仕事やり遂げたというように、とても満足そうだった。

どうやら秘密らしいが、聞かない方が正解なのかもしれない。

「おしおきをした後、家の人に引き渡す時、しっかりと釘を刺しておいたから、家の人が仕返しにくるっていうこともないと思うよ」

「家はそのままなの？」

「んー……家ぐるみでアルトをいじめていた、っていうのなら許さないけどね。あの人間にただ甘だったみたいだから、責任はないとも言えなくはないけど……ギリギリ許容範囲かな？　やたらめったら潰していったら、この国が成り立たなくなっちゃうからね。それに、良識ある普通の大人ならボクにケンカを売るなんてこと絶対にしないから……今回のおしおきは、バカ息子だけにしておいたんだ」

意外と細かいことを考えているんだな。

「ちょっと、アルト。なに、その顔？　意外と細かいことを考えているんだなあ、っていう顔をしているよ」

「すまない、その通りだ」

「認められた!?」

ユスティーナが子供のように頬を膨らませる。ボクは怒っていますよ、とアピールしていた。

「すまない。つい」

「アルトの意地悪……」

「俺が悪かった、許してほしい」

「……頭を撫でてくれないとダメ」

「これでいいか？」

「んふ～♪」

言われた通りに頭を撫でると、ユスティーナはすぐ笑顔に。

元々、大して怒っているわけではなくて、俺に甘えるための口実だったのだろう。

「おー、おー。見せつけてくれちゃって。ったく、こちとら独り身だってのによ」

「ふふっ。でも、微笑ましい感じになるわね。二人共、お似合いよ」

「やだなー、もう。ボクとアルトが前世から結ばれる宿命にあって、未来永劫幸せになるところしか想像できないなんて、言いすぎだよ」

本当に言いすぎだ。二人共、そこまでのことは一言も言っていないぞ。

「ちくしょう、うらやましいヤツだ。こうなったら、飲まずにはいられねえ！」

「ちょっと、兄さん!?　それ、お酒じゃない」

「祝勝会なんだから、酒はセットでついてくるってものだろ。飲めない歳でもないし、二日酔いにならない程度なら問題ねえよ」

国によって基準は異なるが、アルモートでは、飲酒は15歳から認められている。

ちなみに、葉巻は18歳だ。

「でも……」

「それと、勲章をもらったから、その祝いもしないとな。こんなこと滅多にねえぞ？　今日くらいハメを外しても構わないだろ」

「それは、まあ……」

「というわけで、飲め飲め。ほら、アルト」

「ああ、いただこう」

せっかくだし、断るのも失礼だしな。

グランに酒を注いでもらい、チンとグラスを重ねて……それから、軽く口をつける。

「これは……」

けっこう強い酒だ。一口飲んだだけなのに、すぐに体が火照ってくる。

「ちょ……兄さん。これ、どこから持ってきたの？　こんな酒、街で買うとかなりの値段になると思うんだけど」

「なーに。親父の店から、ちょろっとな」

「呆（あき）れた……怒られる時は兄さん一人で怒られてね。あたしは関係ないから」

「そんなことは後で気にすればいいんだよ。今は楽しもうぜ。ほら、エルトセルクさんも」

「うん、いただきます」

ユスティーナは、どこか期待するような感じで酒を注いでもらう。

そういえば、ユスティーナが酒を飲むところは見たことがない。期待するような目をしているところを見ると、好きなのだろうか？

「ユスティーナは、酒は平気なのか？」

「けっこう強い方だと思うよ。ボク、竜だからね。アルコールにやられるほど、弱くないよ。人間の作る酒はあまり飲んだことがないから、なんとも言えないけどね」

本人が今言ったように、ユスティーナは竜だから、深酔いすることはない。今は変身しているだけで、中身はまったくの別物なのだ。

それに、せっかくの祝勝会だからな。酒を止めるという野暮は止めて、無茶が出ない限りは場の流れに任せよう。

祝勝会が始まり、どれくらい経ったただろうか？

頭がぼんやりとしていて、思考がくるくると回転している。上を向いているのか横を向いているのか、よくわからない。

どうやら、かなり酔ってしまったみたいだ。

友達と一緒に酒を飲むなんて、この学院に限らず初めてだからな。加減がわからずに、少しハメを外してしまったらしい。

ふと、頭の裏に柔らかい感触があることに気づいた。

これは、なんだろう？

その正体を確かめるべく、俺はゆっくりと目を開ける。

「あ……起きた？　おはよう、アルト」

すぐ目の前にユスティーナの顔が。

えっと、これは……？

「……膝枕？」

「うん。アルト、酔って少し寝ちゃっていたから。だから、ボクの膝を枕代わりにしてもらおうかな、って」

「すまない……迷惑をかけて」

「ううん、迷惑だなんて、そんなことはないよ。むしろ、うれしいかな。こうしていると、アルトの寝顔を独り占めできるもん」

「……そうか」

寝たことで酔いも少し覚めたらしく、頭がハッキリとしてきた。

羞恥心も戻り、なんとも言えない気持ちになる。

そういえば、グランとジニーの姿が見当たらない。

「グランとジニーは？」

「二人ならもう帰ったよ」

「そっか……礼を言いそこねたな」

「どうしてアルトがお礼を言うの？」

「祝勝会を開いてくれたから……」

「そんなことでお礼は言わなくてもいいんだよ」

「そういうものか？」

「そうだよ」

友達がいなかったからか、どうも、人付き合いの距離がわからない。

「ゆっくり学んで、アルトなりのペースで進んでいけばいいと思うよ」

俺の心を読んだように、ユスティーナがそう言う。

聖母のように優しい顔をして、俺の頭を撫でる。

子供扱いされているみたいで恥ずかしいのだけど、でも、とても心地いい。素直に、もう少しこうしていたいと思う。

「俺は……ユスティーナに迷惑をかけていないか？」

「どうしたの、急に？」

「色々と助けてもらっているけれど、なにも返すことができない。それが……」

「そんなことはないよ。ボクは、アルトからたくさんのものをもらっているよ」

「そう……なのか？」

「うん、そうだよ」

ユスティーナは、ひだまりのような優しい笑みを見せた。

「それにね？　女の子は、好きな男の子には甘えてほしいものなんだよ」

「それは……初耳だ」

「ふふっ。だから、たくさん甘えてほしいな。アルトの色々な顔を見せてほしいな。ボクは、それがすごくうれしいから」

「なら……今は、もう少しだけ」

「うん♪」

温かい時間に浸るように、俺はもう少しの間、ユスティーナに触れるのだった。

〈『落ちこぼれ竜騎士、神竜少女（バハムート）に一目惚れされる』完〉

ヒーロー文庫

落(お)ちこぼれ竜騎士(りゅうきし)、神竜(バハムート)少女に一目惚(ひとめぼ)れされる

深山(みやま) 鈴(すず)

2020年6月10日　第1刷発行

発行者　前田起也

発行所　株式会社　主婦の友インフォス
〒101-0052 東京都千代田区神田小川町 3-3
電話／03-6273-7850（編集）

発売元　株式会社　主婦の友社
〒112-8675 東京都文京区関口 1-44-10
電話／03-5280-7551（販売）

印刷所　大日本印刷株式会社

ISBN 978-4-07-442850-2